半句封神
古诗词

凌君　主编

民主与建设出版社
·北京·

图书在版编目（CIP）数据

半句封神古诗词 / 凌君主编 . -- 北京 : 民主与建设出版社，2025.6. -- ISBN 978-7-5139-4932-3

Ⅰ. I222

中国国家版本馆 CIP 数据核字第 2025DE7005 号

半句封神古诗词

BANJU FENGSHEN GU SHICI

主　　编	凌　君
责任编辑	顾客强
封面设计	袁　芳
出版发行	民主与建设出版社有限责任公司
电　　话	（010）59417749　59419778
社　　址	北京市朝阳区宏泰东街远洋万和南区伍号公馆 4 层
邮　　编	100102
印　　刷	北京一鑫印务有限责任公司
版　　次	2025 年 6 月第 1 版
印　　次	2025 年 6 月第 1 次印刷
开　　本	880 毫米 ×1230 毫米　1/32
印　　张	6
字　　数	60 千字
书　　号	ISBN 978-7-5139-4932-3
定　　价	58.00 元

注：如有印、装质量问题，请与出版社联系。

前言

打开这本《半句封神古诗词》，就如同踏入了一座穿越千年的诗意花园。在这里，每句诗词都是一朵绽放的花朵，散发着独特的芬芳，诉说着古人的情思、哲思与逸趣。

书中分为四辑十五节，从“烟火人间”“山水情思”“超然心境”到“情韵绵绵”，全方位展现了古诗词的魅力。在“烟火人间”辑里，“只缘感君一回顾，使我思君朝与暮”，道尽了世间男女一见钟情后的朝思暮想，让我们看到平凡生活里爱情最质朴的模样；“海内存知己，天涯若比邻”则温暖着每一个珍视友情的心灵，即使相隔天涯，真挚的情谊也能跨越距离。

走进“山水情思”这一辑，“青山看不厌，流水趣何长”，寥寥数语勾勒出山水的灵动与悠长韵味，让我们跟随诗人的目光，沉醉于大自然的美景；“岩扉松径长寂寥，惟有幽人自来去”，宛如一幅静谧的山林画卷，传递出远离尘世喧嚣的宁静与淡泊。

“超然心境”这一辑，藏着古人的人生智慧。“仰天大笑出门去，我辈岂是蓬蒿人”，满是自信与豪情，鼓舞着我们勇敢追求梦想，不被世俗所困；“心静即声淡，其间无古今”，教我们在纷扰的世界中寻得内心的平静。

而“情韵绵绵”辑中，则满是深情。“相见时难别亦难，东风无力百花残”，将离别的痛苦与无奈展现得淋漓尽致；“识尽千千万万人，终不似、伊家好”，直白又细腻地诉说着无尽的相思。

这些诗词，虽简短却韵味无穷。愿大家在阅读中，品味古人的诗意人生，让经典诗词照亮生活。

目录

CONTENTS

辑三

超然心境

辑四

情韵绵绵

辑一

烟火人间

烟火人间，诗意栖居。“只缘感君一回顾，使我思君朝与暮”，道尽人间深情，一眼万年；“海内存知己，天涯若比邻”，写透友情的无远弗届；“一家老幼无牵挂，恣意喧哗”，描绘天伦之乐的温馨画卷；“与君世世为兄弟，更结来生未了因”，诉说手足情深的永恒誓言；“小舟从此逝，江海寄余生”，勾勒超然出世的豁达境界。这五句诗，恰如五色烟火，照亮了人间百态，温暖了岁月长河。让我们在诗词的烟火中，感受生命的温度，品味人生的况味。

只缘感君一回顾，
使我思君朝与暮。
◇ 汉乐府《古相思曲》（其二）

玲珑骰子安红豆，入骨相思知不知。

◇ ［唐］温庭筠《南歌子词二首》

娉娉袅袅十三馀，豆蔻梢头二月初。春风十里扬州路，卷上珠帘总不如。

◇ ［唐］杜牧《赠别二首》

郎骑竹马来，绕床弄青梅。

◇ ［唐］李白《长干行二首》

知我意，感君怜，此情须问天。

◇ ［唐］温庭筠《更漏子·金雀钗》

换我心，为你心，始知相忆深。

◇ ［五代］顾敻《诉衷情·永夜抛人何处去》

结发为夫妻，恩爱两不疑。欢娱在今夕，嬿婉及良时。

◇ 无名氏《旧题苏武诗四首》（其三）

浣花溪上见卿卿，脸波秋水明。黛眉轻，绿云高绾，金簇小蜻蜓。

◇ ［唐］张泌《江城子·浣花溪上见卿卿》

见客入来，袜刬金钗溜。和羞走。倚门回首。却把青梅嗅。

◇ ［宋］李清照《点绛唇·蹴罢秋千》

易求无价宝，难得有心郎。

◇ ［唐］鱼玄机《赠邻女》

熏炉蒙翠被，绣帐鸳鸯睡。何处有相知，羡他初画眉。

◇ ［唐］牛峤《菩萨蛮·玉钗风动春幡急》

一日不见兮，思之如狂。

◇ ［汉］司马相如《凤求凰》

始欲识郎时，两心望如一。理丝入残机，何悟不成匹。

◇ 南朝乐府《子夜歌·始欲识郎时》

月上柳梢头，人约黄昏后。

◇ ［宋］欧阳修《生查子·元夕》

得成比目何辞死，愿作鸳鸯不羡仙。

◇ ［唐］卢照邻《长安古意》

怕相思，已相思，轮到相思没处辞，眉间露一丝。

◇ ［明］俞彦《长相思·折花枝》

谁料同心结不成，翻就相思结。

◇ ［明］夏完淳《卜算子·秋色到空闺》

人生自是有情痴，此恨不关风与月。

◇ ［宋］欧阳修《玉楼春·尊前拟把归期说》

绝代佳人难得，倾国，花下见无期。一双愁黛远山眉，不忍更思惟。

◇［唐］韦庄《荷叶杯·绝代佳人难得》

心似双丝网，中有千千结。

◇［宋］张先《千秋岁·数声鶗鴂》

一生一代一双人。争教两处销魂。相思相望不相亲。天为谁春。

◇［清］纳兰性德《画堂春·一生一代一双人》

山似玉，玉如君。相看一笑温。

◇［宋］向子諲《更漏子·雪中韩叔夏席上》

无情不似多情苦。一寸还成千万缕。

◇［宋］晏殊《玉楼春·春恨》

忆君心似西江水，日夜东流无歇时。

◇［唐］鱼玄机《江陵愁望寄子安》

东风恶。欢情薄。一怀愁绪，几年离索。错错错。

◇［宋］陆游《钗头凤·红酥手》

东边日出西边雨，道是无晴却有晴。

◇［唐］刘禹锡《竹枝词》

鸳鸯交颈期千岁，琴瑟谐和愿百年。

◇［唐］李郢《为妻作生日寄意》

眼想心思梦里惊，无人知我此时情。不如池上鸳鸯鸟，双宿双飞过一生。

◇无名氏《杂诗》

愿为双飞鸟，比翼共翱翔。

◇［魏］阮籍《咏怀》

两情若是久长时，又岂在朝朝暮暮。

◇［宋］秦观《鹊桥仙·纤云弄巧》

衣带渐宽终不悔，为伊消得人憔悴。

◇［宋］柳永《凤栖梧·伫倚危楼风细细》

在天愿作比翼鸟，在地愿为连理枝。

◇［唐］白居易《长恨歌》

问世间、情是何物，直教生死相许？

◇ ［金］元好问《摸鱼儿·雁丘词》

此情可待成追忆，只是当时已惘然。

◇ ［唐］李商隐《锦瑟》

红豆生南国，春来发几枝。愿君多采撷，此物最相思。

◇ ［唐］王维《相思》

身无彩凤双飞翼，心有灵犀一点通。

◇ ［唐］李商隐《无题·昨夜星辰昨夜风》

山有木兮木有枝，心说君兮君不知。

◇ 无名氏《越人歌》

愿得一心人，白头不相离。

◇ 汉乐府《白头吟》

愿我如星君如月，夜夜流光相皎洁。

◇ ［宋］范成大《车遥遥篇》

剪不断，理还乱，是离愁。别是一般滋味在心头。

◇ ［南唐］李煜《相见欢·无言独上西楼》

腰中双绮带，梦为同心结。

◇ ［南朝梁］萧衍《有所思》

长夜缝罗衣，思君此何极。

◇ ［南朝齐］谢朓《玉阶怨·夕殿下珠帘》

名莲自可念，况复两心同。

◇ ［隋］杜公瞻《咏同心芙蓉》

相见情已深，未语可知心。

◇ ［唐］李白《相逢行二首》

思君如满月，夜夜减清辉。

◇ ［唐］张九龄《赋得自君之出矣》

欲问相思处，花开花落时。

◇ ［唐］薛涛《春望词四首》（其一）

终日望君君不至，举头闻鹊喜。

◇ ［南唐］冯延巳《谒金门·风乍起》

相思只在，丁香枝上，豆蔻梢头。

◇ 无名氏《眼儿媚·杨柳丝丝弄轻柔》

为君沉醉又何妨。只怕酒醒时候、断人肠。

◇ ［宋］秦观《虞美人·碧桃天上栽和露》

春日游，杏花吹满头。陌上谁家年少，足风流。

◇ ［唐］韦庄《思帝乡·春日游》

相思一夜梅花发，忽到窗前疑是君。

◇ ［唐］卢仝《有所思》

君生我未生，我生君已老。君恨我生迟，我恨君生早。

◇ 无名氏《君生我未生》

愿为双鸿鹄，奋翅起高飞。

◇ 无名氏《西北有高楼》

思君如流水，何有穷已时。

◇ ［汉］徐幹《室思六首》（其三）

相见争如不见，有情何似无情。

◇ ［宋］司马光《西江月》

恨郎情似水，妾心如石，此恨难休。

◇ ［元末明初］梁寅《八声甘州·记年时波荡两鸳鸯》

相思似海深，旧事如天远。

◇ ［宋］乐婉《卜算子·答施》

郎笑藕丝长，长丝藕笑郎。

◇ ［宋］苏轼《菩萨蛮·回文夏闺怨》

多情自古伤离别。更那堪、冷落清秋节！

◇ ［宋］柳永《雨霖铃·寒蝉凄切》

枝上柳绵吹又少。天涯何处无芳草。墙里秋千墙外道。墙外行人，墙里佳人笑。笑渐不闻声渐悄。多情却被无情恼。

◇ ［宋］苏轼《蝶恋花·春景》

侯门一入深如海，从此萧郎是路人。

◇ ［唐］崔郊《赠去婢》

人面不知何处在，桃花依旧笑春风。

◇ ［唐］崔护《题都城南庄》

还君明珠双泪垂，何不相逢未嫁时。

◇ ［唐］张籍《节妇吟寄东平李司空师道》

相思本是无凭语，莫向花笺费泪行。

◇ ［宋］晏几道《鹧鸪天·醉拍春衫惜旧香》

梦后楼台高锁，酒醒帘幕低垂。去年春恨却来时。落花人独立，微雨燕双飞。

◇ ［宋］晏几道《临江仙·梦后楼台高锁》

不知忆我因何事，昨夜三回梦见君。

◇ ［唐］白居易《梦微之·十二年八月二十日夜》

深知身在情长在，怅望江头江水声。

◇ ［唐］李商隐《暮秋独游曲江》

花自飘零水自流。

一种相思，

两处闲愁。

此情无计可消除，

才下眉头，

却上心头。

◇［宋］李清照《一剪梅·红藕香残玉簟秋》

泪眼问花花不语。乱红飞过秋千去。

◇ ［宋］欧阳修《蝶恋花·庭院深深深几许》

相思相见知何日，此时此夜难为情。

◇ ［唐］李白《三五七言》

从此无心爱良夜，任他明月下西楼。

◇ ［唐］李益《写情》

叹落花有意，流水无情。

◇ ［明］陈霆《满庭芳·写怀》

直道相思了无益，未妨惆怅是清狂。

◇ ［唐］李商隐《无题二首》（其二）

春心莫共花争发，一寸相思一寸灰。

◇ ［唐］李商隐《无题四首》（其二）

君当作磐石，妾当作蒲苇。蒲苇韧如丝，磐石无转移。

◇ 汉乐府《孔雀东南飞》

海内存知己，天涯若比邻。

◇［唐］王勃《杜少府之任蜀州》

洛阳亲友如相问，一片冰心在玉壶。

◇［唐］王昌龄《芙蓉楼送辛渐》

宿昔齐名非忝窃，只看杜陵消瘦，曾不减、夜郎僝僽。

薄命长辞知己别，问人生、到此凄凉否？

◇［清］顾贞观《金缕曲·我亦飘零久》

故人入我梦，明我长相忆。

◇［唐］杜甫《梦李白二首》（其一）

何当重相见，尊酒慰离颜。

◇ ［唐］温庭筠《送人东游》

满目飞花万点，回首故人千里，把酒沃愁肠。

◇ ［宋］葛长庚《水调歌头·江上春山远》

孤帆远影碧空尽，唯见长江天际流。

◇ ［唐］李白《黄鹤楼送孟浩然之广陵》

相知无远近，万里尚为邻。

◇ ［唐］张九龄《送韦城李少府》

结交在相知，骨肉何必亲。

◇ 汉乐府《箜篌谣》

劝君更尽一杯酒，西出阳关无故人。

◇ ［唐］王维《送元二使安西》

喜得故人同待诏，拟沽春酒醉京华。

◇ ［明］高启《清明呈馆中诸公》

忆君遥在潇湘月，愁听清猿梦里长。

◇ ［唐］王昌龄《送魏二》

一生大笑能几回，斗酒相逢须醉倒。

◇ ［唐］岑参《凉州馆中与诸判官夜集》

唯愿当歌对酒时，月光长照金樽里。

◇ ［唐］李白《把酒问月》

莫愁前路无知己，天下谁人不识君。

◇ ［唐］高适《别董大》

相逢一醉是前缘，风雨散、飘然何处。

◇ ［宋］苏轼《鹊桥仙·七夕》

我寄愁心与明月，随风直到夜郎西。

◇ ［唐］李白《闻王昌龄左迁龙标遥有此寄》

人生结交在终始，莫为升沉中路分。

◇ ［唐］贺兰进明《行路难五首》（其五）

桃花潭水深千尺，不及汪伦送我情。

◇ ［唐］李白《赠汪伦》

故人江海别，几度隔山川。

◇ ［唐］司空曙《云阳馆与韩绅宿别》

肝胆一古剑，波涛两浮萍。

◇ ［唐］韩愈《答张彻》

分手脱相赠，平生一片心。

◇ ［唐］孟浩然《送朱大入秦》

相逢方一笑，相送还成泣。

◇ ［唐］王维《齐州送祖三》

欢笑情如旧，萧疏鬓已斑。

◇ ［唐］韦应物《淮上喜会梁州故人》

相逢秋月满，更值夜萤飞。

◇ ［唐］王绩《秋夜喜遇王处士》

人生交契无老少，论交何必先同调。

◇ ［唐］杜甫《徒步归行》

友如作画须求淡，山似论文不喜平。

◇ ［清］翁照《与友人寻山》

故人何在，烟水茫茫。

◇ ［宋］柳永《玉蝴蝶·望处雨收云断》

我醉欲眠卿且去，明朝有意抱琴来。

◇ ［唐］李白《山中与幽人对酌》

别后悠悠君莫问，无限事，不言中。

◇ ［宋］秦观《江城子·南来飞燕北归鸿》

相逢且莫推辞醉，听唱阳关第四声。

◇ ［唐］白居易《对酒五首》（其四）

故人早晚上高台。赠我江南春色、一枝梅。

◇ ［宋］舒亶《虞美人·寄公度》

但愿人长久，千里共婵娟。

◇ ［宋］苏轼《水调歌头·明月几时有》

正是江南好风景，落花时节又逢君。

◇ ［唐］杜甫《江南逢李龟年》

又送王孙去，萋萋满别情。

◇ ［唐］白居易《赋得古原草送别》

春草明年绿，王孙归不归？

◇ ［唐］王维《山中送别》

寒雨连江夜入吴，平明送客楚山孤。

◇ ［唐］王昌龄《芙蓉楼送辛渐》

君不见管鲍贫时交，此道今人弃如土。

◇ ［唐］杜甫《贫交行》

已过才追问，相看是故人。

◇ ［明末清初］吴伟业《遇旧友》

我居北海君南海，
寄雁传书谢不能。
桃李春风一杯酒，
江湖夜雨十年灯。

◇ ［宋］黄庭坚《寄黄几复》

古路无行客，寒山独见君。

◇ ［唐］刘长卿《碧涧别墅喜皇甫侍御相访》

羁旅长堪醉，相留畏晓钟。

◇ ［唐］戴叔伦《客夜与故人偶集》

蜡烛有心还惜别，替人垂泪到天明。

◇ ［唐］杜牧《赠别二首》（其二）

衣不如新，人不如故。

◇ 汉乐府《古艳歌》

未言心相醉，不在接杯酒。

◇ ［晋］陶渊明《拟古九首》（其一）

汉恩自浅胡恩深，人生乐在相知心。

◇ ［宋］王安石《明妃曲二首》（其二）

西窗下，风摇翠竹，疑是故人来。

◇ ［宋］秦观《满庭芳·碧水惊秋》

冤家宜解不宜结，各自回头看后头。

◇ ［明］冯梦龙《醒世恒言》

若知四海皆兄弟，何处相逢非故人。

◇ ［宋］陈刚中《阳关词》

情于故人重，迹共少年疏。

◇ ［唐］白居易《咏老赠梦得》

交心不交面，从此重相忆。

◇ ［唐］白居易《伤唐衢二首》（其一）

杨柳渡头行客稀，罟师荡桨向临圻。唯有相思似春色，江南江北送君归。

◇ ［唐］王维《送沈子福归江东》

今日乐相乐，别后莫相忘。

◇ ［三国魏］曹植《怨歌行》

相逢意气为君饮，系马高楼垂柳边。

◇ ［唐］王维《少年行四首》（其一）

浮云一别后，流水十年间。

◇［唐］韦应物《淮上喜会梁州故人》

感此怀故人，中宵劳梦想。

◇［唐］孟浩然《夏日南亭怀辛大》

南浦凄凄别，西风袅袅秋。一看肠一断，好去莫回头。

◇［唐］白居易《南浦别》

女称绝色邻夸艳，君有奇才我不贫。

◇［清］郑燮《赠袁枚》

心事同漂泊，生涯共苦辛。无论去与住，俱是梦中人。

◇［唐］王勃《别薛华》

相知在急难，独好亦何益。

◇［唐］李白《君马黄》

水国蒹葭夜有霜，月寒山色共苍苍。谁言千里自今夕，
离梦杳如关塞长。

◇［唐］薛涛《送友人》

同来望月人何处？风景依稀似去年。

◇ ［唐］赵嘏《江楼旧感》

闻道欲来相问讯，西楼望月几回圆。

◇ ［唐］韦应物《寄李儋元锡》

绿蚁新醅酒，红泥小火垆。晚来天欲雪，能饮一杯无。

◇ ［唐］白居易《问刘十九》

故人书报，莫因循、忘却莼鲈。

◇ ［宋］辛弃疾《汉宫春·会稽秋风亭怀古》

厚禄故人书断绝，恒饥稚子色凄凉。

◇ ［唐］杜甫《狂夫》

故人心尚如天远。故心人更何由见。肠断楚江头。泪和江水流。

◇ ［宋］赵师侠《菩萨蛮·故人心尚如天远》

故人何在，烟水隔潇湘。

◇ ［宋］周邦彦《琴调相思引·生碧香罗粉兰香》

金陵子弟来相送，欲行不行各尽觞。

◇ ［唐］李白《金陵酒肆留别》

忽忆故人天际去，计程今日到梁州。

◇ ［唐］白居易《同李十一醉忆元九》

利剑不在掌，结友何须多？

◇ ［三国魏］曹植《野田黄雀行》

故人具鸡黍，邀我至田家。

◇ ［唐］孟浩然《过故人庄》

昔年因读李白杜甫诗，长恨二人不相从。

◇ ［唐］韩愈《醉留东野》

嵩云秦树久离居，双鲤迢迢一纸书。

◇ ［唐］李商隐《寄令狐郎中》

江南忆，最忆是杭州。山寺月中寻桂子，郡亭枕上看潮头。何日更重游？

◇ ［唐］白居易《忆江南词三首》（其二）

扬子江头杨柳春，
杨花愁杀渡江人。
数声风笛离亭晚，
君向潇湘我向秦。

◇ ［唐］郑谷《淮上与友人别》

洞庭有归客，潇湘逢故人。

◇ ［南朝梁］柳恽《江南曲》

君埋泉下泥销骨，我寄人间雪满头。

◇ ［唐］白居易《梦微之》

故人相望若为情。别愁深夜雨，孤影小窗灯。

◇ ［宋］陈克《临江仙·四海十年兵不解》

残灯无焰影幢幢，此夕闻君谪九江。垂死病中惊坐起，暗风吹雨入寒窗。

◇ ［唐］元稹《闻乐天授江州司马》

秋风生渭水，落叶满长安。

◇ ［唐］贾岛《忆江上吴处士》

江南无所有，聊赠一枝春。

◇ ［北魏］陆凯《赠范晔》

我觉君非池中物，咫尺蛟龙云雨。

◇ ［宋］辛弃疾《贺新郎·和徐斯远下第谢诸公载酒相访韵》

一家老幼无牵挂，恣意喧哗。

◇［元］赵显宏《满庭芳·渔》

大儿锄豆溪东，中儿正织鸡笼。最喜小儿无赖，溪头卧剥莲蓬。

◇［宋］辛弃疾《清平乐·村居》

日出两竿鱼正食，一家欢笑在南池。

◇［唐］李郢《南池》

我母本强健，今年说眼昏。顾怜为客子，尤喜读书孙。

◇［元］王冕《归家》

惭愧儿郎草草，满金杯、绿浮春莹。

◇ ［元］魏初《水龙吟·为祖母太夫人九十之庆》

甘旨娱母颜，雍雍春满室。咿哑索梨枣，诸儿争绕膝。

◇ ［宋］陈鉴之《古诗四首奉寄陈宗之兼简敖臞翁》

阿婆还似初笄女，头未梳成不许看。

◇ ［清］袁枚《遣兴》

兄弟既翕，和乐且湛。宜尔室家，乐尔妻帑。

◇《诗经·小雅·常棣》

老妻画纸为棋局，稚子敲针作钓钩。

◇ ［唐］杜甫《江村》

昼引老妻乘小艇，晴看稚子浴清江。

◇ ［唐］杜甫《进艇》

妻孥怪我在，惊定还拭泪。

◇ ［唐］杜甫《羌村三首》（其一）

殚竭心力终为子，可怜天下父母心！

◇ ［清］慈禧《祝母寿诗》

来时父母知隔生，重著衣裳如送死。

◇ ［唐］王建《渡辽水》

枕上十年事，江南二老忧，都到心头。

◇ ［元］徐再思《水仙子·夜雨》

父怜母惜掴不得，却生痴笑令人嗟。

◇ ［唐］卢仝《示添丁》

梦魂不惮长安远，几度乘风问起居。

◇ ［清］宋凌云《忆父二首》（其一）

苦忆寝门双白鬓，朝朝扶杖倚闾望。

◇ ［清］宋凌云《忆父二首》（其二）

慈母手中线，游子身上衣。临行密密缝，意恐迟迟归。

谁言寸草心，报得三春晖。

◇ ［唐］孟郊《游子吟》

霜殒芦花泪湿衣，白头无复倚柴扉。

◇ ［宋末元初］舆恭《思母》

应是母慈重，使尔悲不任。

◇ ［唐］白居易《慈乌夜啼》

妻孥问我成何事，买得虚名满世间。

◇ ［宋］李若水《归家》

三釜古人干禄意，一年慈母望归心。

◇ ［宋］黄庭坚《初望淮山》

思尔为雏日，高飞背母时。当时父母念，今日尔应知。

◇ ［唐］白居易《燕诗示刘叟》

老母与子别，呼天野草间。白马绕旌旗，悲鸣相追攀。

◇ ［唐］李白《豫章行》

将母邗沟上，留家白纻阴。月明闻杜宇，南北总关心。

◇ ［宋］王安石《将母》

十五彩衣年，承欢慈母前。

◇［唐］孟浩然《送张参明经举兼向泾州觐省》

暗中时滴思亲泪，只恐思儿泪更多。

◇［清］倪瑞璿《忆母》

慈乌失其母，哑哑吐哀音。

◇［唐］白居易《慈乌夜啼》

重缝不忍轻移拆，上有慈母旧线痕。

◇［清］周寿昌《晒旧衣》

遥瞻槛外遗踪在，料得寻常只自知。

◇［宋］汪真《忆父母》

慈闱忆我还殊甚，飞梦时时见倚门。

◇［明］张国维《免归思母八首》（其一）

阿舒已二八，懒惰故无匹。阿宣行志学，而不爱文术。
雍端年十三，不识六与七。通子垂九龄，但觅梨与栗。
天运苟如此，且进杯中物。

◇［晋］陶渊明《责子》

愁云遮断望乡处，愁绝天涯寸草心。

◇［明］江源《客中思亲八首》（其八）

细较十年衣上泪，不如慈母线痕多。

◇［元］贯云石《思亲》

白云一望二千里，羞听林间反哺乌。

◇［宋］曾丰《到义宁自夏至秋不得家书思亲谋归不遂》

南山可平海可竭，高堂欢乐无穷年。

◇［宋］王炎《贺吴继仲母氏生日》

母爱无所报，人生更何求！

◇［唐］李商隐《送母回乡》

阿母亲教学步虚，三元长遣下蓬壶。

◇［唐］司空图《步虚》

白头老母遮门啼，挽断衫袖留不止。

◇［唐］韩愈《谁氏子》

爱子心无尽，归家喜及辰。
寒衣针线密，家信墨痕新。
见面怜清瘦，呼儿问苦辛。
低徊愧人子，不敢叹风尘。

◇［清］蒋士铨《岁暮到家》

搴帷拜母河梁去，白发愁看泪眼枯。惨惨柴门风雪夜，此时有子不如无。

◇ ［清］黄景仁《别老母》

慈母抱儿怕入席，那暇更护鸡窠雏。

◇ ［唐］韩愈《射训狐》

五更归梦三百里，一日思亲十二时。

◇ ［宋］黄庭坚《思亲汝州作》

慈母倚门情，游子行路苦。

◇ ［元］王冕《墨萱图二首》（其一）

林间滴酒空垂泪，不见丁宁嘱早归。

◇ ［唐］陈去疾《西上辞母坟》

痴儿未知父子礼，叫怒索饭啼门东。

◇ ［唐］杜甫《百忧集行》

塞上风雨思，城中兄弟情。

◇ ［唐］元稹《遣行十首》（其五）

儿童娱膝下，母子话灯前。却忆江湖上，家书动隔年。

◇ ［宋］刘克庄《乍归九首·儿童娱膝下》

高堂倚门望伯鱼，鲁中正是趋庭处。

◇ ［唐］李白《送萧三十一之鲁中兼问稚子伯禽》

母别子，子别母，白日无光哭声苦。

◇ ［唐］白居易《母别子》

耶娘妻子走相送，尘埃不见咸阳桥。

◇ ［唐］杜甫《兵车行》

一叶扁舟卷画帘。老妻学饮伴清谈。人传诗句满江南。

◇ ［宋］黄庭坚《浣溪沙·一叶扁舟卷画帘》

父耕原上田，子劚山下荒。六月禾未秀，官家已修仓。

◇ ［唐］聂夷中《田家》

娇儿不离膝，畏我复却去。

◇ ［唐］杜甫《羌村三首》（其二）

稚子牵衣问，归来何太迟。共谁争岁月，赢得鬓边丝。

◇［唐］杜牧《归家》

因怜儿被薄，转忆客衣单。

◇［清］朱柔则《寄远曲三首》（其二）

南风吹送北河舟，有女东来慰白头。

◇［明］李东阳《闻孔氏女至》

白头居士无呵殿，只有乘肩小女随。

◇［宋］姜夔《鹧鸪天·正月十一日观灯》

官罢囊空两袖寒，聊凭卖画佐朝餐。最惭吴隐奁钱薄，赠尔春风几笔兰。

◇［清］郑燮《为二女适袁氏者作》

酸辛甘自受，褴褛愧妻儿。

◇［元］王冕《春晚客怀七首》（其三）

有子且勿喜，无子固勿叹。

◇［唐］韩愈《孟东野失子》

与君世世为兄弟，
更结来生未了因。

◇ [宋] 苏轼《狱中寄子由二首》（其一）

自信老兄怜弱弟，岂关天下少良朋。

◇ [宋] 苏辙《次韵子瞻秋雪见寄二首》

柳下笙歌庭院，花间姊妹秋千。记得春楼当日事，写向红窗夜月前。凭谁寄小莲。

◇ [宋] 晏几道《破阵子·柳下笙歌庭院》

比拟寻常清景别，第一团圆时节。

◇ [清] 纳兰性德《清平乐·上元月蚀》

弟妹萧条各何往，干戈衰谢两相催！

◇ ［唐］杜甫《九日五首》（其一）

有弟皆分散，无家问死生。

◇ ［唐］杜甫《月夜忆舍弟》

兄弟灯前家万里。相看如梦寐。

◇ ［宋］黄庭坚《谒金门·戏赠知命》

兄弟得相见，荣枯何处论。

◇ ［唐］钱起《初至京口示诸弟》

衰门少兄弟，兄弟唯两人。

◇ ［唐］于逖《忆舍弟》

遥知兄弟登高处，遍插茱萸少一人。

◇ ［唐］王维《九月九日忆山东兄弟》

子孝亲兮弟敬哥，训贤妯娌事翁婆。

◇ ［宋］邵雍《训世孝弟诗十首》（其一）

落地为兄弟，何必骨肉亲。
得欢当作乐，斗酒聚比邻。
盛年不重来，一日难再晨。
及时当勉励，岁月不待人。

◇［晋］陶渊明《杂诗十二首》（其一）

兄弟分离苦，形容老病催。

◇［唐］杜甫《送舍弟频赴齐州三首》（其二）

弟兄无苦事，不用别庭闱。

◇［唐］孟贯《寄故园兄弟》

思家步月清宵立，忆弟看云白日眠。

◇［唐］杜甫《恨别》

早晚重欢会，羁离各长成。

◇［唐］白居易《除夜寄弟妹》

所嗟人异雁，不作一行飞。

◇［唐］七岁女子《送兄》

洛阳城里见秋风，欲作家书意万重。

◇［唐］张籍《秋思》

大圭白璧男儿事，小酌青灯兄弟情。

◇［宋］许月卿《用名世弟韵》

十年离乱后，长大一相逢。问姓惊初见，称名忆旧容。
别来沧海事，语罢暮天钟。明日巴陵道，秋山又几重。

◇ ［唐］李益《喜见外弟又言别》

草草杯盘共笑语，昏昏灯火话平生。

◇ ［宋］王安石《示长安君》

一夜娇啼缘底事，为嫌衣少缕金华。

◇ ［唐］韦庄《与小女》

自尔出门去，泪痕长满衣。家贫为客早，路远得书稀。

◇ ［唐］许浑《示弟》

两妹日成长，双鬟将及人。已能持宝瑟，自解掩罗巾。

◇ ［唐］王维《别弟妹二首》（其一）

年年今日彩衣斑。兄弟同扶酒盏。

◇ ［宋］张孝祥《西江月·代五三弟为老母寿》.

三叠阳关声堕泪，写平时、兄弟情长久。离别事，古来有。

◇ ［宋］林正大《括贺新凉》

六旬谁把小名呼？阿姊还能认故吾。

◇ ［清］袁枚《大姊索诗》

思亲堂上茱初插，忆妹窗前句乍裁。

◇ ［清］秋瑾《九日感赋》

苦寒念尔衣裘薄，独骑瘦马踏残月。

◇ ［宋］苏轼《辛丑十一月十九日，既与子由别于郑州西门之外，马上赋诗一篇寄之》

寄语红桥桥下水。扁舟何日寻兄弟。

◇ ［宋］陆游《渔家傲·寄仲高》

昨夜梁园里，弟寒兄不知。

◇ ［唐］李白《对雪献从兄虞城宰》

团圆思弟妹，传语故乡春。

◇ ［宋］文天祥《次妹第一百五十五》

遥闻旅宿梦兄弟，应为邮亭名棣华。

◇ ［唐］白居易《棣华驿见杨八题梦兄弟诗》

小舟从此逝，
江海寄余生。

◇［宋］苏轼《临江仙·夜饮东坡醒复醉》

世事一场大梦，人生几度秋凉？

◇［宋］苏轼《西江月·世事一场大梦》

谁道人生无再少，门前流水尚能西。休将白发唱黄鸡。

◇［宋］苏轼《浣溪沙·游蕲水清泉寺》

无可奈何花落去，似曾相识燕归来。

◇［宋］晏殊《浣溪沙·一曲新词酒一杯》

世事几变灭，人生真黄粱。

◇［宋］折彦质《过太平州拜李端叔遗像》

人生若只如初见。何事秋风悲画扇。

◇［清］纳兰性德《木兰花令·拟古决绝词》

人生到处知何似？应似飞鸿踏雪泥。泥上偶然留指爪，鸿飞那复计东西。

◇［宋］苏轼《和子由渑池怀旧》

日月不相贷，人生那易禁。

◇［宋］释文珦《秋怀》

若言琴上有琴声，放在匣中何不鸣？若言声在指头上，何不于君指上听？

◇［宋］苏轼《琴诗》

沉舟侧畔千帆过，病树前头万木春。

◇［唐］刘禹锡《酬乐天扬州初逢席上见赠》

与君各记少年时。须信人生如寄。

◇［宋］苏轼《西江月·送钱待制》

不畏浮云遮望眼，自缘身在最高层。

◇ ［宋］王安石《登飞来峰》

纸上得来终觉浅，绝知此事要躬行。

◇ ［宋］陆游《冬夜读书示子聿》

春色满园关不住，一枝红杏出墙来。

◇ ［宋］叶绍翁《游园不值》

会当凌绝顶，一览众山小。

◇ ［唐］杜甫《望岳》

万事云烟忽过，一身蒲柳先衰。而今何事最相宜。宜醉宜游宜睡。

◇ ［宋］辛弃疾《西江月·以家事付儿曹，示之》

不经一番寒彻骨，怎得梅花扑鼻香。

◇ ［唐］黄檗禅师《上堂开示颂》

人生如逆旅，我亦是行人。

◇ ［宋］苏轼《临江仙·送钱穆父》

听风听雨都有味，健来即行倦来睡。

◇ ［宋］杨万里《书莫读》

都将万字平戎策，换得东家种树书。

◇［宋］辛弃疾《鹧鸪天·有客慨然谈功名，因追念少年时事戏作》

白发渔樵江渚上，惯看秋月春风。一壶浊酒喜相逢。古今多少事，都付笑谈中。

◇ ［明］杨慎《临江仙·滚滚长江东逝水》

众里寻他千百度。蓦然回首，那人却在，灯火阑珊处。

◇ ［宋］辛弃疾《青玉案·元夕》

世事漫随流水。算来一梦浮生。

◇ ［南唐］李煜《乌夜啼·昨夜风兼雨》

山重水复疑无路，柳暗花明又一村。

◇ ［宋］陆游《游山西村》

问渠那得清如许？为有源头活水来。

◇ ［宋］朱熹《观书有感》

晓来风，
夜来雨，
晚来烟。
是他酿就春色，
又断送流年。

◇［清］张惠言《水调歌头·春日赋示杨生子掞》

时人不识凌云木，直待凌云始道高。

◇［唐］杜荀鹤《小松》

书当快意读易尽，客有可人期不来。

◇［宋］陈师道《绝句》

人生寄一世，奄忽若飚尘。

◇ 无名氏《今日良宴会》

此曲只应天上有，人间能得几回闻。

◇［唐］杜甫《赠花卿》

惊风飘白日，光景驰西流。

◇［三国魏］曹植《箜篌引》

人间如梦，一尊还酹江月。

◇［宋］苏轼《念奴娇·赤壁怀古》

莫惜金缕衣，劝君惜、少年时。花开堪折直须折，莫待折空枝。

◇ 无名氏《庆金枝令》

宣父犹能畏后生，丈夫未可轻年少。

◇ ［唐］李白《上李邕》

假金方用真金镀，若是真金不镀金。

◇ ［唐］李绅《答章孝标》

江风静，日高未起，枕上酒微醒。

◇ ［宋］秦观《满庭芳·红蓼花繁》

黑发不知勤学早，白首方悔读书迟。

◇ ［唐］颜真卿《劝学》

古调虽自爱，今人多不弹。

◇ ［唐］刘长卿《听弹琴》

千淘万漉虽辛苦，吹尽狂沙始到金。

◇ ［唐］刘禹锡《浪淘沙》（其八）

今古恨，几千般，只应离合是悲欢。江头未是风波恶，别有人间行路难。

◇ ［宋］辛弃疾《鹧鸪天·送人》

此时情绪此时天。无事小神仙。

◇ ［宋］周邦彦《鹤冲天·梅雨霁》

天地一逆旅，同悲万古尘。

◇ ［唐］李白《拟古十二首》（其九）

古人学问无遗力，少壮工夫老始成。

◇ ［宋］陆游《冬夜读书示子聿》

梅须逊雪三分白，雪却输梅一段香。

◇ ［宋］卢梅坡《雪梅》（其一）

试玉要烧三日满，辨材须待七年期。

◇ ［唐］白居易《放言五首》（其三）

历览前贤国与家，成由勤俭破由奢。

◇ ［唐］李商隐《咏史二首》（其二）

抽刀断水水更流，举杯销愁愁更愁。人生在世不称意，明朝散发弄扁舟。

◇ ［唐］李白《宣州谢朓楼饯别校书叔云》

夕阳无限好，只是近黄昏。

◇ ［唐］李商隐《乐游原》

少年易老学难成，一寸光阴不可轻。

◇ ［宋］朱熹《偶成》

若教眼底无离恨，不信人间有白头。

◇ ［宋］辛弃疾《鹧鸪天·代人赋》

读书破万卷，下笔如有神。

◇ ［唐］杜甫《奉赠韦左丞丈二十二韵》

明日复明日，明日何其多。我生待明日，万事成蹉跎。

◇ ［明］钱福《明日歌》

近水楼台先得月，向阳花木易为春。

◇ ［宋］苏麟《断句》

谁道闲情抛弃久。每到春来，惆怅还依旧。

◇ ［宋］欧阳修《蝶恋花·谁道闲情抛弃久》

学问勤中得，萤窗万卷书。

◇ ［宋］汪洙《神童诗》

只在此山中，云深不知处。

◇ ［唐］贾岛《寻隐者不遇》

君看一叶舟，出没风波里。

◇ ［宋］范仲淹《江上渔者》

小荷才露尖尖角，早有蜻蜓立上头。

◇ ［宋］杨万里《小池》

莫问野人生计事，窗前流水枕前书。

◇ ［唐］李九龄《山中寄友人》

韶华不为少年留。恨悠悠。几时休。

◇ ［宋］秦观《江城子·西城杨柳弄春柔》

未觉池塘春草梦，阶前梧叶已秋声。

◇ ［宋］朱熹《劝学诗》

若待上林花似锦，出门俱是看花人。

◇ ［唐］杨巨源《城东早春》

人间万事消磨尽，只有清香似旧时。

◇ ［宋］陆游《余年二十时，尝作菊枕诗，颇传于人。今秋偶复采菊缝枕囊，凄然有感》

但使龙城飞将在，不教胡马度阴山。

◇ ［唐］王昌龄《出塞二首》（其一）

十年生死两茫茫。不思量。自难忘。

◇ ［宋］苏轼《江城子·乙卯正月二十日夜记梦》

万里沧江生白发，几人灯火坐黄昏。

◇ ［明］王守仁《因雨和杜韵》

草萤有耀终非火，荷露虽团岂是珠。

◇ ［唐］白居易《放言五首》（其一）

叹人间，美中不足今方信。纵然是齐眉举案，到底意难平。

◇ ［清］曹雪芹《终身误》

冠盖满京华，斯人独憔悴。

◇［唐］杜甫《梦李白二首》（其二）

十年磨一剑，霜刃未曾试。

◇［唐］贾岛《剑客》

我来携酒醉其下，卧看千峰秋月明。

◇［宋］欧阳修《琅琊山六题·石屏路》

水流心不竞，云在意俱迟。

◇［唐］杜甫《江亭》

曲终人不见，江上数峰青。

◇［唐］钱起《省试湘灵鼓瑟》

不如意事常八九，可与语人无二三。

◇［宋］方岳《别子才司令》

不须计较与安排。领取而今现在。

◇［宋］朱敦儒《西江月·日日深杯酒满》

肠断月明红豆蔻。月似当初，人似当时否。

◇［清］纳兰性德《鬓云松令·枕函香》

直须看尽洛城花，始共春风容易别。

◇［宋］欧阳修《玉楼春·尊前拟把归期说》

凭高目断，鸿雁来时，无限思量。

◇［宋］晏殊《诉衷情·芙蓉金菊斗馨香》

欲买桂花同载酒，终不似、少年游。

◇［宋］刘过《唐多令·芦叶满汀洲》

早知如此绊人心，何如当初莫相识。

◇［唐］李白《秋风词》

何须更问浮生事，只此浮生是梦中。

◇［唐］鸟窠禅师《无题》

花开满树红，花落万枝空。

◇［唐］陈知玄《五岁咏花》

愿君学长松，慎勿作桃李。

◇ ［唐］李白《赠韦侍御黄裳二首》（其一）

文章憎命达，魑魅喜人过。

◇ ［唐］杜甫《天末怀李白》

时人不识余心乐，将谓偷闲学少年。

◇ ［宋］程颢《春日偶成》

乃知物虽贱，当用价难攀。岂惟瓦砾尔，用人从古难。

◇ ［宋］欧阳修《古瓦砚》

凭君莫话封侯事，一将功成万骨枯。

◇ ［唐］曹松《己亥岁二首·僖宗广明元年》（其一）

射人先射马，擒贼先擒王。

◇ ［唐］杜甫《前出塞九首》（其六）

大都好物不坚牢，彩云易散琉璃脆。

◇ ［唐］白居易《简简吟》

世事茫茫难自料，春愁黯黯独成眠。

◇［唐］韦应物《寄李儋元锡》

不识庐山真面目，只缘身在此山中。

◇［宋］苏轼《题西林壁》

人生天地间，忽如远行客。

◇无名氏《青青陵上柏》

自是人生长恨水长东。

◇［南唐］李煜《乌夜啼·林花谢了春红》

无心再续笙歌梦，掩重门、浅醉闲眠。莫开帘。怕见飞花，怕听啼鹃。

◇［宋］张炎《高阳台·西湖春感》

燕子不归春事晚，一汀烟雨杏花寒。

◇［唐］戴叔伦《苏溪亭》

都道晚凉天气好，有明月、怕登楼。

◇［宋］吴文英《唐多令·惜别》

辑二

山水情思

山水之间，自有天地。“青山看不厌，流水趣何长”，道尽山水之美的永恒魅力，令人流连忘返；“岩扉松径长寂寥，惟有幽人自来去”，描绘出隐士与山水相伴的孤高境界，独与天地精神往来；“客路青山外，行舟绿水前”，写尽旅人与山水相遇的刹那诗意，一路风景一路歌。这三句诗，恰如三幅山水画卷，或壮阔，或幽深，或灵动，展现了人与自然的和谐共鸣。让我们在诗词的山水间，寻一份宁静，得一份超然。

青山看不厌，流水趣何长。

◇［唐］钱起《陪考功王员外城东池亭宴》

湖经洞庭阔，江入新安清。

◇ ［唐］孟浩然《经七里滩》

青山横北郭，白水绕东城。

◇ ［唐］李白《送友人》

明月出天山，苍茫云海间。

◇ ［唐］李白《关山月》

一水护田将绿绕，两山排闼送青来。

◇ ［宋］王安石《书湖阴先生壁》

天门中断楚江开，碧水东流至此回。两岸青山相对出，孤帆一片日边来。

◇ ［唐］李白《望天门山》

江作青罗带，山如碧玉篸。

◇ ［唐］韩愈《送桂州严大夫同用南字》

孤山寺北贾亭西，水面初平云脚低。

◇ ［唐］白居易《钱塘湖春行》

造化钟神秀，阴阳割昏晓。

◇ ［唐］杜甫《望岳》

水光潋滟晴方好，山色空蒙雨亦奇。欲把西湖比西子，淡妆浓抹总相宜。

◇ ［宋］苏轼《饮湖上初晴后雨》

江碧鸟逾白，山青花欲燃。

◇ ［唐］杜甫《绝句二首》（其二）

水何澹澹，山岛竦峙。

◇ ［汉］曹操《观沧海》

青山隐隐水迢迢，秋尽江南草木凋。二十四桥明月夜，玉人何处教吹箫。

◇ ［唐］杜牧《寄扬州韩绰判官》

千岩万转路不定，迷花倚石忽已暝。熊咆龙吟殷岩泉，栗深林兮惊层巅。

◇ ［唐］李白《梦游天姥吟留别》

荆溪白石出，天寒红叶稀。山路元无雨，空翠湿人衣。

◇ ［唐］王维《山中》

峨眉山月半轮秋，影入平羌江水流。

◇ ［唐］李白《峨眉山月歌》

两岸猿声啼不住，轻舟已过万重山。

◇ ［唐］李白《早发白帝城》

咬定青山不放松，立根原在破岩中。

◇ ［清］郑燮《竹石》

远上寒山石径斜，白云生处有人家。停车坐爱枫林晚，霜叶红于二月花。

◇ ［唐］杜牧《山行》

西塞山前白鹭飞，桃花流水鳜鱼肥。青箬笠，绿蓑衣，斜风细雨不须归。

◇ ［唐］张志和《渔歌子》

万壑树参天，千山响杜鹃。山中一夜雨，树杪百重泉。

◇ ［唐］王维《送梓州李使君》

秋风万里芙蓉国，暮雨千家薜荔村。

◇ ［五代］谭用之《秋宿湘江遇雨》

迟日江山丽，春风花草香。

◇ ［唐］杜甫《绝句二首》（其一）

遥望齐州九点烟，一泓海水杯中泻。

◇ ［唐］李贺《梦天》

山随平野尽，江入大荒流。

◇ ［唐］李白《渡荆门送别》

落木千山天远大，澄江一道月分明。

◇ ［宋］黄庭坚《登快阁》

千涧通桥路，双峰夹驿楼。

◇ ［明］徐𤊹《双峰驿》

青山行不尽，绿水去何长。

◇ ［唐］崔颢《舟行入剡》

雨中山果落，灯下草虫鸣。

◇ ［唐］王维《秋夜独坐》

千峰笋石千株玉，万树松萝万朵银。

◇ ［唐］元稹《南秦雪》

蜀江水碧蜀山青，圣主朝朝暮暮情。

◇ ［唐］白居易《长恨歌》

湖光秋月两相和，潭面无风镜未磨。遥望洞庭山水翠，白银盘里一青螺。

◇ ［唐］刘禹锡《望洞庭》

昆山玉碎凤凰叫，芙蓉泣露香兰笑。

◇［唐］李贺《李凭箜篌引》

岭树重遮千里目，江流曲似九回肠。

◇［唐］柳宗元《登柳州城楼寄漳汀封连四州》

峰峦如聚，波涛如怒，山河表里潼关路。

◇［元］张养浩《山坡羊·潼关怀古》

远岫出山催薄暮，细风吹雨弄轻阴。梨花欲谢恐难禁。

◇［宋］李清照《浣溪沙·小院闲窗春色深》

叠嶂西驰，万马回旋，众山欲东。正惊湍直下，跳珠倒溅，小桥横截，缺月初弓。

◇［宋］辛弃疾《沁园春·灵山齐庵赋，时筑偃湖未成》

山暝闻猿愁，沧江急夜流。风鸣两岸叶，月照一孤舟。

◇［唐］孟浩然《宿桐庐江寄广陵旧游》

罗浮山下四时春，卢橘杨梅次第新。

◇［宋］苏轼《食荔支二首》（其二）

秋山敛馀照，
飞鸟逐前侣。
彩翠时分明，
夕岚无处所。

◇ ［唐］王维《辋川集·木兰柴》

江带峨眉雪，川横三峡流。

◇［唐］李白《经乱离后天恩流夜郎忆旧游书怀赠江夏韦太守良宰》

穿花蛱蝶深深见，点水蜻蜓款款飞。传语风光共流转，暂时相赏莫相违。

◇［唐］杜甫《曲江二首》（其二）

青山一道同云雨，明月何曾是两乡。

◇［唐］王昌龄《送柴侍御》

青山依旧在，几度夕阳红。

◇［明］杨慎《临江仙·滚滚长江东逝水》

江间波浪兼天涌，塞上风云接地阴。

◇［唐］杜甫《秋兴八首》（其一）

白云回望合，青霭入看无。

◇［唐］王维《终南山》

风回小院庭芜绿，柳眼春相续。

◇［南唐］李煜《虞美人·风回小院庭芜绿》

江上往来人，但爱鲈鱼美。君看一叶舟，出没风波里。

◇ ［宋］范仲淹《江上渔者》

树树皆秋色，山山唯落晖。牧人驱犊返，猎马带禽归。

◇ ［唐］王绩《野望》

水满田畴稻叶齐，日光穿树晓烟低。黄莺也爱新凉好，
飞过青山影里啼。

◇ ［宋］徐玑《新凉》

青山绿水，白草红叶黄花。

◇ ［元］白朴《天净沙·秋》

山一程，水一程，身向榆关那畔行，夜深千帐灯。

◇ ［清］纳兰性德《长相思·山一程》

野旷天低树，江清月近人。

◇ ［唐］孟浩然《宿建德江》

林表明霁色，城中增暮寒。

◇ ［唐］祖咏《终南望余雪》

山高月小，水落石出。

◇ ［宋］苏轼《后赤壁赋》

片云天共远，永夜月同孤。

◇ ［唐］杜甫《江汉》

山光悦鸟性，潭影空人心。

◇ ［唐］常建《题破山寺后禅院》

水落鱼梁浅，天寒梦泽深。

◇ ［唐］孟浩然《与诸子登岘山》

残雨如何妨乐事，声淅淅，点斑斑。

◇ ［宋末元初］陈著《江城子·中秋早雨晚晴》

无边落木萧萧下，不尽长江滚滚来。

◇ ［唐］杜甫《登高》

风卷江湖雨暗村，四山声作海涛翻。

◇ ［宋］陆游《十一月四日风雨大作二首》（其一）

岩扉松径长寂寥，
惟有幽人自来去。

◇ ［唐］孟浩然《夜归鹿门山歌》

回看天际下中流，岩上无心云相逐。

◇ ［唐］柳宗元《渔翁》

竹杖芒鞋轻胜马。谁怕。一蓑烟雨任平生。

◇ ［宋］苏轼《定风波·莫听穿林打叶声》

山中何事？松花酿酒，春水煎茶。

◇ ［元］张可久《人月圆·山中书事》

曲径通幽处，禅房花木深。

◇ ［唐］常建《题破山寺后禅院》

野花丛发好，谷鸟一声幽。夜坐空林寂，松风直似秋。

◇ ［唐］王维《过感化寺昙兴上人山院》

纵浪大化中，不喜亦不惧。

◇ ［晋］陶渊明《形影神三首·神释》

人生似幻化，终当归空无。

◇ ［晋］陶渊明《归园田居五首》（其四）

从今认得归田乐，何必桃源是故乡。

◇ ［宋］李之仪《鹧鸪天》

我心素已闲，清川澹如此。

◇ ［唐］王维《青溪》

桃花流水窅然去，别有天地非人间。

◇ ［唐］李白《山中问答》

人闲桂花落，夜静春山空。

◇ ［唐］王维《鸟鸣涧》

一松一竹真朋友，山鸟山花好弟兄。

◇ ［宋］辛弃疾《鹧鸪天·博山寺作》

山中何所有？岭上多白云。只可自怡悦，不堪持赠君。

◇ ［南朝梁］陶弘景《诏问山中何所有赋诗以答》

浮名浮利，虚苦劳神。叹隙中驹，石中火，梦中身。

◇ ［宋］苏轼《行香子·述怀》

闲来无事不从容，睡觉东窗日已红。

◇ ［宋］程颢《秋日偶成》

山花落尽山长在，山水空流山自闲。

◇ ［宋］王安石《游钟山》

不问人间事，忘机过此生。

◇ ［唐］温庭筠《赠隐者》

世路如今已惯，此心到处悠然。

◇ ［宋］张孝祥《西江月·问讯湖边春色》

鹿车终自驾，归去颍东田。

◇ ［宋］欧阳修《秋怀》

浮云出处元无定，得似浮云也自由。

◇ ［宋］辛弃疾《鹧鸪天·欲上高楼去避愁》

方寸怡怡无一事，粗裘粝食地行仙。

◇ ［宋］黄公度《道间即事》

万事到头都是梦，休休。明日黄花蝶也愁。

◇ ［宋］苏轼《南乡子·重九涵辉楼呈徐君猷》

身闲始觉隳名是，心了方知苦行非。

◇ ［唐］皎然《山居示灵澈上人》

独绕虚亭步石矼，静中情味世无双。

◇ ［宋］苏舜钦《沧浪静吟》

种豆南山下，
草盛豆苗稀。
晨兴理荒秽，
带月荷锄归。

◇ ［晋］陶渊明《归园田居五首》（其三）

更把浮荣喻生灭，世间无事不虚空。

◇ ［唐］顾况《赠僧二首》（其二）

一笑相逢蓬海路。人间风月如尘土。

◇ ［宋］周邦彦《蝶恋花·鱼尾霞生明远树》

采菊东篱下，悠然见南山。

◇ ［晋］陶渊明《饮酒》（其五）

万事随缘无所为，万法皆空无所思。

◇ ［宋］辛弃疾《书停云壁》（其二）

几时归去，作个闲人。对一张琴，一壶酒，一溪云。

◇ ［宋］苏轼《行香子·述怀》

我本楚狂人，凤歌笑孔丘。手持绿玉杖，朝别黄鹤楼。

五岳寻仙不辞远，一生好入名山游。

◇ ［唐］李白《庐山谣寄卢侍御虚舟》

万事纷纷一笑中。渊明把菊对秋风。细看爽气今犹在，

惟有南山一似翁。

◇ ［宋］辛弃疾《鹧鸪天·和昌父》

山中习静观朝槿，松下清斋折露葵。

◇［唐］王维《积雨辋川庄作》

余亦从此去，归耕为老农。

◇［唐］王维《送綦毋秘书弃官还江东》

红颜弃轩冕，白首卧松云。

◇［唐］李白《赠孟浩然》

且放白鹿青崖间，须行即骑访名山。

◇［唐］李白《梦游天姥吟留别》

南山俱隐逸，东洛类神仙。

◇［唐］王维《哭祖六自虚》

君言不得意，归卧南山陲。但去莫复问，白云无尽时。

◇［唐］王维《送别》

非必丝与竹，山水有清音。

◇［晋］左思《招隐二首》（其一）

悠然远山暮，独向白云归。

◇ ［唐］王维《归辋川作》

何人无事，宴坐空山。

◇ ［宋］苏轼《行香子·与泗守过南山晚归作》

松风吹解带，山月照弹琴。

◇ ［唐］王维《酬张少府》

遮回疏放。作个闲人样。

◇ ［宋］陆游《点绛唇·采药归来》

扁舟一棹归何处，家在江南黄叶村。

◇ ［宋］苏轼《书李世南所画秋景二首》（其一）

溪花与禅意，相对亦忘言。

◇ ［唐］刘长卿《寻南溪常山道人隐居》

枝间新绿一重重，小蕾深藏数点红。

◇ ［金］元好问《同儿辈赋未开海棠》

鹤闲临水久，蜂懒采花疏。

◇［宋］林逋《小隐自题》

闲居少邻并，草径入荒园。

◇［唐］贾岛《题李凝幽居》

只应守寂寞，还掩故园扉。

◇［唐］孟浩然《留别王侍御维》

何当学禅观，依止古先生。

◇［唐］姚合《闲居》

谁似东坡老，白首忘机。

◇［宋］苏轼《八声甘州·寄参寥子》

迢递嵩高下，归来且闭关。

◇［唐］王维《归嵩山作》

逢人问道归何处，笑指船儿此是家。

◇［宋］陆游《鹧鸪天·懒向青门学种瓜》

庵中有高人，不受红尘触。

◇ ［宋］胡仲弓《题野云庵》

独坐幽篁里，弹琴复长啸。

◇ ［唐］王维《竹里馆》

孤舟蓑笠翁，独钓寒江雪。

◇ ［唐］柳宗元《江雪》

一点灵光随落日，万端尘事付浮云。人世自纷纷。

◇ ［宋］净圆《望江南·西方好》

久在樊笼里，复得返自然。

◇ ［晋］陶渊明《归园田居》（其一）

随意春芳歇，王孙自可留。

◇ ［唐］王维《山居秋暝》

闲来垂钓碧溪上，忽复乘舟梦日边。

◇ ［唐］李白《行路难》（其一）

脱衣换得商山酒，笑把离骚独自倾。

◇ ［宋］王禹偁《清明日独酌》

老夫暮年少嗜好，但愿无事终日眠。

◇ ［宋］陆游《醉眠曲》

旧隐人如在，清风亦似秋。

◇ ［唐］张继《题严陵钓台》

村舍外，古城旁。杖藜徐步转斜阳。殷勤昨夜三更雨，又得浮生一日凉。

◇ ［宋］苏轼《鹧鸪天·时谪黄州》

虽道了然皆是梦，应还达者即无愁。

◇ ［唐］方干《感时三首》（其一）

行到水穷处，坐看云起时。偶然值林叟，谈笑无还期。

◇ ［唐］王维《终南别业》

携取旧书归旧隐，野花啼鸟一般春。

◇ ［宋］陈抟《归隐》

素衣莫起风尘叹，犹及清明可到家。

◇ ［宋］陆游《临安春雨初霁》

尘世难逢开口笑，菊花须插满头归。

◇ ［唐］杜牧《九日齐山登高》

解珮投簪，求田问舍。黄鸡白酒渔樵社。

◇ ［宋］苏轼《踏莎行·山秀芙蓉》

凭高目断，鸿雁来时，无限思量。

◇ ［宋］晏殊《诉衷情·芙蓉金菊斗馨香》

一蓑一笠一扁舟，一丈丝纶一寸钩。一曲高歌一樽酒，一人独钓一江秋。

◇ ［清］王士祯《题秋江独钓图》

秋水悠悠浸野扉，梦中来数觉来稀。

◇ ［唐］李商隐《访隐者不遇成二绝》

软草承趺坐，长松响梵声。空居法云外，观世得无生。

◇ ［唐］王维《登辨觉寺》

客路青山外，
行舟绿水前。

◇［唐］王湾《次北固山下》

才始送春归，又送君归去。若到江南赶上春，千万和春住。

◇ ［宋］王观《卜算子·送鲍浩然之浙东》

江水三千里，家书十五行。行行无别语，只道早还乡。

◇ ［元末明初］袁凯《京师得家书》

未老莫还乡，还乡须断肠。

◇ ［唐］韦庄《菩萨蛮·人人尽说江南好》

乡书不可寄，秋雁又南回。

◇［唐］韦庄《章台夜思》

烽火连三月，家书抵万金。

◇［唐］杜甫《春望》

乡远去不得，无日不瞻望。

◇［唐］白居易《夜雨》

近传天子尊武臣，强兵直欲静胡尘。安边自合有长策，何必流离中国人。

◇［唐］张谓《代北州老翁答》

独在异乡为异客，每逢佳节倍思亲。

◇［唐］王维《九月九日忆山东兄弟》

床前明月光，疑是地上霜。举头望明月，低头思故乡。

◇［唐］李白《静夜思》

少小离家老大回，乡音无改鬓毛衰。

◇［唐］贺知章《回乡偶书》

近乡情更怯，不敢问来人。

◇ ［唐］宋之问《渡汉江》

人归落雁后，思发在花前。

◇ ［隋］薛道衡《人日思归》

故乡何处是。忘了除非醉。

◇ ［宋］李清照《菩萨蛮·风柔日薄春犹早》

离人鬓华将换。静忆天涯，路比此情犹短。

◇ ［宋］晏几道《碧牡丹·翠袖疏纵扇》

逢人渐觉乡音异，却恨莺声似故山。

◇ ［唐］司空图《漫书五首》（其一）

今夜月明人尽望，不知秋思落谁家。

◇ ［唐］王建《十五夜望月寄杜郎中》

春向眼前无限好，思亲怀土自多愁。

◇ ［宋］朱淑真《寒食永怀》

三年独客思亲泪，洒作钱塘大江水。

◇ ［宋］李石《舟中示开并寄圆》

共看明月应垂泪，一夜乡心五处同。

◇ ［唐］白居易《望月有感》

悠悠天宇旷，切切故乡情。

◇ ［唐］张九龄《西江夜行》

思家正叹江南景，听角仍含塞北情。

◇ ［唐］赵嘏《齐安早秋》

唯有门前镜湖水，春风不改旧时波。

◇ ［唐］贺知章《回乡偶书二首》（其二）

君问归期未有期，巴山夜雨涨秋池。

◇ ［唐］李商隐《夜雨寄北》

月落乌啼霜满天，江枫渔火对愁眠。

◇ ［唐］张继《枫桥夜泊》

客舍并州已十霜，归心日夜忆咸阳。

◇ ［唐］贾岛《渡桑干》

邯郸驿里逢冬至，抱膝灯前影伴身。想得家中夜深坐，还应说着远行人。

◇ ［唐］白居易《邯郸冬至夜思家》

春风又绿江南岸，明月何时照我还。

◇ ［宋］王安石《泊船瓜洲》

何处积乡愁，天涯聚乱流。

◇ ［唐］张乔《江上送友人南游》

思牵今夜肠应直，雨冷香魂吊书客。

◇ ［唐］李贺《秋来》

穷秋旷野行人绝，马首东来知是谁。

◇ ［唐］王昌龄《旅望》

江上有家归未得，眼前花是眼前愁。

◇ ［唐］杜荀鹤《春日旅寓》

我行殊未已，何日复归来。

◇［唐］宋之问《题大庾岭北驿》

两处春光同日尽，居人思客客思家。

◇［唐］白居易《望驿台》

他乡生白发，旧国见青山。

◇［唐］司空曙《贼平后送人北归》

名岂文章著，官应老病休。飘飘何所似，天地一沙鸥。

◇［唐］杜甫《旅夜书怀》

人言落日是天涯，望极天涯不见家。

◇［宋］李觏《乡思》

砧杵谁家夜捣衣，金风淅淅露微微。月中独坐不成寐，旧业经年未得归。

◇［南唐］李中《旅次闻砧》

远投人宿趁房迟，僮仆伤寒马亦饥。为客悠悠十月尽，庄头栽竹已过时。

◇［唐］王建《初冬旅游》

寒蝉凄切。
对长亭晚，骤雨初歇。
都门帐饮无绪，
留恋处、兰舟催发。

◇［宋］柳永《雨霖铃·寒蝉凄切》

清露便教终夜滴，好风疑是故园来。

◇ ［唐］薛能《新竹》

故园东望路漫漫，双袖龙钟泪不干。

◇ ［唐］岑参《逢入京使》

十年无梦得还家，独立青峰野水涯。

◇ ［宋末元初］谢枋得《武夷山中》

家在梦中何日到，春来江上几人还？

◇ ［唐］卢纶《长安春望》

乡书何处达，归雁洛阳边。

◇ ［唐］王湾《次北固山下》

若为化得身千亿，散上峰头望故乡。

◇ ［唐］柳宗元《与浩初上人同看山寄京华亲故》

行人无限秋风思，隔水青山似故乡。

◇ ［唐］戴叔伦《题稚川山水》

远梦归侵晓，家书到隔年。

◇ ［唐］杜牧《旅宿》

春风一夜吹香梦，又逐春风到洛城。

◇ ［唐］武元衡《春兴》

悲歌可以当泣，远望可以当归。

◇ 汉乐府《悲歌》

如今白首乡心尽，万里归程在梦中。

◇ ［唐］清江《送婆罗门》

画图恰似归家梦，千里河山寸许长。

◇ ［宋］辛弃疾《鹧鸪天·送元省干》

行多有病住无粮，万里还乡未到乡。

◇ ［唐］卢纶《逢病军人》

男儿少为客，不辨是他乡。

◇ ［明］李流芳《黄河夜泊》

回首故乡千里外，别离心绪向谁言？

◇ ［唐末宋初］杨徽之《寒食寄郑起侍郎》

故乡遥，何日去。家住吴门，久作长安旅。

◇ ［宋］周邦彦《苏幕遮·般涉》

清明又近也，却天涯为客。

◇ ［宋］曹组《忆少年·年时酒伴》

三湘愁鬓逢秋色，万里归心对月明。

◇ ［唐］卢纶《晚次鄂州》

满衣血泪与尘埃，乱后还乡亦可哀。

◇ ［明］高启《送陈秀才还沙上省墓》

几度思归还把酒，拂云堆上祝明妃。

◇ ［唐］杜牧《题木兰庙》

不堪肠断思乡处，红槿花中越鸟啼。

◇ ［唐］李德裕《谪岭南道中作》

君自故乡来，
应知故乡事。
来日绮窗前，
寒梅著花未。

◇［唐］王维《杂诗三首》（其二）

凭寄还乡梦，殷勤入故园。

◇［唐］柳宗元《零陵早春》

仍怜故乡水，万里送行舟。

◇［唐］李白《渡荆门送别》

故溪黄稻熟，一夜梦中香。

◇［唐］钱珝《江行无题一百首》（其九十八）

不知何处吹芦管，一夜征人尽望乡。

◇［唐］李益《夜上受降城闻笛》

故乡今夜思千里，霜鬓明朝又一年。

◇［唐］高适《除夜作》

今春看又过，何日是归年。

◇［唐］杜甫《绝句二首》（其二）

一年将尽夜，万里未归人。

◇［唐］戴叔伦《除夜宿石头驿》

离别家乡岁月多，近来人事半销磨。

◇ ［唐］贺知章《回乡偶书二首》（其二）

故园渺何处，归思方悠哉。

◇ ［唐］韦应物《闻雁》

不忍登高临远，望故乡渺邈，归思难收。

◇ ［宋］柳永《八声甘州·对潇潇、暮雨洒江天》

落叶他乡树，寒灯独夜人。

◇ ［唐］马戴《灞上秋居》

片云凝不散，遥挂望乡愁。

◇ ［唐］戎昱《云梦故城秋望》

浮云游子意，落日故人情。挥手自兹去，萧萧班马鸣。

◇ ［唐］李白《送友人》

日暮乡关何处是，烟波江上使人愁。

◇ ［唐］崔颢《黄鹤楼》

辑三

超然心境

心之所向，境由心生。“仰天大笑出门去，我辈岂是蓬蒿人”，写尽豪情壮志，彰显不羁气魄；“心静即声淡，其间无古今”，道出宁静致远的超然境界，时间在此停驻；“蝉噪林逾静，鸟鸣山更幽”，以动衬静，展现内心深处的平和与安宁；“安能摧眉折腰事权贵，使我不得开心颜”，抒发坚守本心的傲骨与洒脱。这四句诗，恰如四重境界，或豪迈，或淡泊，或幽静，或傲然，勾勒出心境的万千气象。让我们在诗词中，寻一份从容，守一份初心。

仰天大笑出门去，
我辈岂是蓬蒿人。

◇［唐］李白《南陵别儿童入京》

一点浩然气，千里快哉风。

◇［宋］苏轼《水调歌头·快哉亭作》

旁观拍手笑疏狂。疏又何妨。狂又何妨。

◇［宋］刘克庄《一剪梅·束缊宵行十里强》

水通南国三千里，气压江城十四州。

◇［宋］李清照《题八咏楼》

人生得意须尽欢，莫使金樽空对月。

◇ ［唐］李白《将进酒》

一曲清歌满樽酒，人生何处不相逢。

◇ ［宋］晏殊《金柅园》

回首向来萧瑟处。归去。也无风雨也无晴。

◇ ［宋］苏轼《定风波·莫听穿林打叶声》

九万里风鹏正举。风休住。蓬舟吹取三山去！

◇ ［宋］李清照《渔家傲·天接云涛连晓雾》

九死南荒吾不恨，兹游奇绝冠平生。

◇ ［宋］苏轼《六月二十日夜渡海》

醉舞狂歌五十年，花中行乐月中眠。

◇ ［明］唐寅《言怀》

不炼金丹不坐禅，不为商贾不耕田。

◇ ［明］唐寅《言志》

别人笑我忒疯癫，我笑他人看不穿。

◇ ［明］唐寅《桃花庵歌》

百年光景百年心。更欢须叹息，无病也呻吟。

◇ ［宋］辛弃疾《临江仙·老去浑身无著处》

兴酣落笔摇五岳，诗成笑傲凌沧洲。

◇ ［唐］李白《江上吟》

十步杀一人，千里不留行。事了拂衣去，深藏身与名。

◇ ［唐］李白《侠客行》

大鹏一日同风起，扶摇直上九万里。

◇ ［唐］李白《上李邕》

且乐生前一杯酒，何须身后千载名。

◇ ［唐］李白《行路难》（其三）

日出扶桑一丈高，人间万事细如毛。

◇ ［唐］刘叉《偶书》

醉卧沙场君莫笑，古来征战几人回？

◇［唐］王翰《凉州词》

何日功成名遂了，还乡。醉笑陪公三万场。

◇［宋］苏轼《南乡子·和杨元素》

烽火照西京，心中自不平。

◇［唐］杨炯《从军行》

了却君王天下事，赢得生前身后名。

◇［宋］辛弃疾《破阵子·为陈同甫赋壮语以寄》

想当年，金戈铁马，气吞万里如虎。

◇［宋］辛弃疾《永遇乐·京口北固亭怀古》

落花踏尽游何处，笑入胡姬酒肆中。

◇［唐］李白《少年行二首》（其二）

利欲驱人万火牛，江湖浪迹一沙鸥。

◇［宋］陆游《秋思》

美酒尊中置千斛，载妓随波任去留。仙人有待乘黄鹤，海客无心随白鸥。

◇［唐］李白《江上吟》

天生我材必有用，千金散尽还复来。

◇［唐］李白《将进酒》

两脚踢翻尘世路，一肩担尽古今愁。

◇［清］袁牧《绝命词》

风前横笛斜吹雨，醉里簪花倒著冠。

◇［宋］黄庭坚《鹧鸪天·坐中有眉山隐客史应之和前韵，即席答之》

俱怀逸兴壮思飞，欲上青天揽日月。

◇［唐］李白《宣州谢朓楼饯别校书叔云》

三十功名尘与土，八千里路云和月。

◇［宋］岳飞《满江红·写怀》

旁人错比扬雄宅，懒惰无心作解嘲。

◇［唐］杜甫《堂成》

夜阑卧听风吹雨，铁马冰河入梦来。

◇ ［宋］陆游《十一月四日风雨大作》（其二）

大江东去，浪淘尽、千古风流人物。

◇ ［宋］苏轼《念奴娇·赤壁怀古》

一身转战三千里，一剑曾当百万师。

◇ ［唐］王维《老将行》

匈奴未灭不言家，驱逐行行边徼赊。

◇ ［唐］李昂《从军行》

君记取，封侯事在，功名不信由天。

◇ ［宋］陆游《汉宫春·初自南郑来成都作》

百花发时我不发，我若发时都吓杀。要与西风战一场，遍身穿就黄金甲。

◇ ［明］朱元璋《咏菊》

愿将腰下剑，直为斩楼兰。

◇ ［唐］李白《塞下曲六首》（其一）

我不求人富贵，
人须求我文章。
风流才子占词场。
真是白衣卿相。

◇ ［宋］柳永《西江月·腹内胎生异锦》

遂尽介然分，拂衣归田里。

◇ ［晋］陶渊明《饮酒》（其十九）

济人然后拂衣去，肯作徒尔一男儿。

◇ ［唐］王维《不遇咏》

须知少日拏云志，曾许人间第一流。

◇ ［清］吴庆坻《题三十小像》

满船明月从此去，本是江湖寂寞人。

◇ ［宋］黄庭坚《到官归志浩然二绝句》

一箫一剑平生意，负尽狂名十五年。

◇ ［清］龚自珍《漫感》

痛饮狂歌空度日，飞扬跋扈为谁雄？

◇ ［唐］杜甫《赠李白》

少年击剑更吹箫，剑气箫心一例消。

◇ ［清］龚自珍《己亥杂诗》

诗万首，酒千觞。几曾著眼看侯王？

◇［宋］朱敦儒《鹧鸪天·西都作》

封侯非我意，但愿海波平。

◇［明］戚继光《韬钤深处》

他乡共酌金花酒，万里同悲鸿雁天。

◇［唐］卢照邻《九月九日登玄武山》

不恨古人吾不见，恨古人、不见吾狂耳。

◇［宋］辛弃疾《贺新郎·甚矣吾衰矣》

驾六龙，乘风而行。行四海外，路下之八邦。

◇［汉］曹操《气出唱三首》（其一）

登昆仑兮食玉英，与天地兮同寿，与日月兮齐光。

◇［战国］屈原《九章》

三百五篇天下事，后人谁敢更讥非。

◇［宋］邵雍《观诗吟》

吾将斩龙足，嚼龙肉。使之朝不得回，夜不得伏。

◇ ［唐］李贺《苦昼短》

粗缯大布裹生涯，腹有诗书气自华。

◇ ［宋］苏轼《和董传留别》

不请长缨，系取天骄种。剑吼西风。

◇ ［宋］贺铸《六州歌头·少年侠气》

何日请缨提锐旅，一鞭直渡清河洛。

◇ ［宋］岳飞《满江红·登黄鹤楼有感》

气岸遥凌豪士前，风流肯落他人后。

◇ ［唐］李白《流夜郎赠辛判官》

唤起一天明月，照我满怀冰雪，浩荡百川流。

◇ ［宋］辛弃疾《水调歌头·和马叔度游月波楼》

朝为田舍郎，暮登天子堂；将相本无种，男儿当自强。

◇ ［宋］汪洙《神童诗》

待到秋来九月八，
我花开后百花杀。
冲天香阵透长安，
满城尽带黄金甲。

◇［唐］黄巢《不第后赋菊》

何意百炼钢，化为绕指柔。

◇ ［晋］刘琨《重赠卢谌》

不见南师久，谩说北群空。当场只手，毕竟还我万夫雄。

◇ ［宋］陈亮《水调歌头·送章德茂大卿使虏》

壮士愤，雄风生。安得倚天剑，跨海斩长鲸。

◇ ［唐］李白《临江王节士歌》

风力掀天浪打头，只须一笑不须愁。

◇ ［宋］杨万里《闷歌行十二首》（其十二）

古来青史谁不见，今见功名胜古人。

◇ ［唐］岑参《轮台歌奉送封大夫出师西征》

只解沙场为国死，何须马革裹尸还。

◇ ［清］徐锡麟《出塞》

秦皇扫六合，虎视何雄哉。飞剑决浮云，诸侯尽西来。

明断自天启，大略驾群才。

◇ ［唐］李白《古风·秦皇扫六合》

于道各努力，千里自同风。

◇［宋］周行己《送友人东归》

意轻千金赠，顾向平原笑。吾亦澹荡人，拂衣可同调。

◇［唐］李白《古风·齐有倜傥生》

若待功成拂衣去，武陵桃花笑杀人。

◇［唐］李白《当涂赵炎少府粉图山水歌》

拂衣西笑出东山，君臣道合俄顷间。

◇［唐］权德舆《放歌行》

手中电击倚天剑，直斩长鲸海水开。

◇［唐］李白《司马将军歌·以代陇上健儿陈安》

逍遥自在。去去来来无挂碍。

◇［金］谭处端《减字木兰花·逍遥自在》

孰知不向边庭苦，纵死犹闻侠骨香。

◇［唐］王维《少年行四首》（其二）

大风起兮云飞扬，威加海内兮归故乡。安得猛士兮守四方？

◇［汉］刘邦《大风歌》

立谈中。死生同。一诺千金重。

◇［宋］贺铸《六州歌头·少年侠气》

自能成羽翼，何必仰云梯。

◇［唐］王勃《观内怀仙》

鹏翼垂空，笑人世、苍然无物。

◇［宋］辛弃疾《满江红·建康史致道留守席上赋》

欲填沟壑唯疏放，自笑狂夫老更狂。

◇［唐］杜甫《狂夫》

未出土时先有节，便凌云去也无心。

◇［宋］徐庭筠《咏竹》

欲为圣明除弊事，肯将衰朽惜残年。

◇［唐］韩愈《左迁至蓝关示侄孙湘》

心静即声淡，其间无古今。

◇［唐］白居易《船夜援琴》

一壶酒，一竿身，快活如侬有几人。

◇［南唐］李煜《渔父·阆苑有意千里雪》

世事浮云何足问，不如高卧且加餐。

◇［唐］王维《酌酒与裴迪》

为君持酒劝斜阳，且向花间留晚照。

◇［宋］宋祁《玉楼春·春景》

但得酒中趣，勿为醒者传。

◇［唐］李白《月下独酌四首》（其二）

菩提本无树，明镜亦非台。本来无一物，何处若尘埃。

◇［唐］慧能《菩提偈》

天清江月白，心静海鸥知。

◇［唐］李白《赠汉阳辅录事二首》（其一）

问君何能尔，心远地自偏。

◇［晋］陶渊明《饮酒》（其五）

流水落花无问处。只有飞云，冉冉来还去。

◇［宋］秦观《蝶恋花·晓日窥轩双燕语》

随富随贫且欢乐，不开口笑是痴人。

◇［唐］白居易《对酒五首》（其二）

晚年唯好静，万事不关心。

◇［唐］王维《酬张少府》

我有一瓢酒，可以慰风尘。

◇ ［唐］韦应物《简卢陟》

孤云将野鹤，岂向人间住。莫买沃洲山，时人已知处。

◇ ［唐］刘长卿《送方外上人》

草色人心相与闲，是非名利有无间。

◇ ［唐］杜牧《洛阳长句二首》（其一）

世事短如春梦，人情薄似秋云。

◇ ［宋］朱敦儒《西江月·世事短如春梦》

玉楼金阙慵归去，且插梅花醉洛阳。

◇ ［宋］朱敦儒《鹧鸪天·西都作》

潇洒江湖十过秋，酒杯无日不淹留。

◇ ［唐］杜牧《自宣城赴官上京》

山中莫道无供给，明月清风不用钱。

◇ ［明］王守仁《题灌山小隐二绝》（其二）

得即高歌失即休，多愁多恨亦悠悠。今朝有酒今朝醉，明日愁来明日愁。

◇ ［唐］罗隐《自遣》

高歌谁和余，空谷清音起。

◇ ［宋］辛弃疾《生查子·游雨岩》

闲听天籁静看云。心境俱清。

◇ ［宋］周密《风入松·为谢省斋赋林壑清趣》

但愿老死花酒间，不愿鞠躬车马前。

◇ ［明］唐寅《桃花庵歌》

一壶美酒一炉药，饱听松风清昼眠。

◇ ［唐］张令问《寄杜光庭》

劝君莫作独醒人，烂醉花间应有数。

◇ ［宋］晏殊《玉楼春·燕鸿过后莺归去》

毕竟几人真得鹿，不知终日梦为鱼。

◇ ［宋］黄庭坚《杂诗七首》（其一）

遇酒且呵呵，人生能几何。

◇ ［唐］韦庄《菩萨蛮·劝君今夜须沉醉》

不拟人间更求事，些些疏懒亦何妨。

◇ ［唐］白居易《南龙兴寺残雪》

买断一江风月，胜如千户封侯。

◇ ［宋］张抡《朝中措·碧波深处锦鳞游》

莫愁千里路，自有到来风。

◇ ［唐］钱珝《江行无题一百首》（其二十四）

细推物理须行乐，何用浮荣绊此身。

◇ ［唐］杜甫《曲江二首》（其一）

寻常风月，等闲谈笑，称意即相宜。

◇ ［清］纳兰性德《少年游·算来好景只如斯》

是非得丧皆闲事，休向南柯与梦争。

◇ ［唐］刘兼《江岸独步》

此身合是诗人未？细雨骑驴入剑门。

◇ ［宋］陆游《剑门道中遇微雨》

世事劳心非富贵，人间实事是欢娱。

◇ ［唐］白居易《老夫》

人到情多情转薄，而今真个悔多情。

◇ ［清］纳兰性德《山花子·风絮飘残已化萍》

达亦不足贵，穷亦不足悲。

◇ ［唐］李白《答王十二寒夜独酌有怀》

休对故人思故国，且将新火试新茶。诗酒趁年华。

◇ ［宋］苏轼《望江南·暮春》

枕上有书尊有酒，身外事，更何求？

◇ ［金］元好问《江城子·草堂潇洒浙江头》

玩青史低头袖手，问红尘缄口回头。

◇ ［元］吴西逸《蟾宫曲·山间书事》

重门朝已启，起坐听车声。
要欲闻清佩，方将出户迎。
晚钟鸣上苑，疏雨过春城。
了自不相顾，临堂空复情。

◇［唐］王维《待储光羲不至》

你富贵。你荣华，我自关门睡。

◇ ［宋］赵长卿《蓦山溪·遣怀》

自歌自舞自开怀。且喜无拘无碍。

◇ ［宋］朱敦儒《西江月·日日深杯酒满》

卧看满天云不动，不知云与我俱东。

◇ ［宋］陈与义《襄邑道中》

先生叱去归何处，朝入青山暮泛湖。

◇ ［明］朱元璋《赠刘伯温》

须信百年俱是梦，天地阔，且徜徉。

◇ ［元末明初］邵亨贞《江城子·疏云过雨漏斜阳》

荷尽已无擎雨盖，菊残犹有傲霜枝。

◇ ［宋］苏轼《赠刘景文》

且酩酊，任他两轮日月，来往如梭。

◇ ［金］元好问《骤雨打新荷·绿叶阴浓》

长江绕郭知鱼美，好竹连山觉笋香。

◇ ［宋］苏轼《初到黄州》

茶一碗，酒一尊，熙熙天地一闲人。

◇ ［宋末元初］王柏《夜宿赤松梅师房》

拣尽寒枝不肯栖，枫落吴江冷。

◇ ［宋］苏轼《卜算子·缺月挂疏桐》

从今若许闲乘月，拄杖无时夜叩门。

◇ ［宋］陆游《游山西村》

泉眼无声惜细流，树阴照水爱晴柔。

◇ ［宋］杨万里《小池》

心似已灰之木，身如不系之舟。问汝平生功业，黄州惠州儋州。

◇ ［宋］苏轼《自题金山画像》

腾腾且安乐，悠悠自清闲。

◇ ［唐］寒山《诗三百三首》（其二六七）

春来春去。人在落花流水处。

◇ ［唐］吕岩《减字木兰花·暂游大庾》

逢人不说人间事，便是人间无事人。

◇ ［唐］杜荀鹤《赠质上人》

富贵非吾事，归与白鸥盟。

◇ ［宋］辛弃疾《水调歌头·壬子被召，端仁相饯席上作》

从此唯行乐，闲愁奈我何。

◇ ［五代］李建勋《春日东山正堂作》

世事悠悠浑未了，年光冉冉今如许。

◇ ［宋］吴潜《满江红·送李御带珙》

穷达皆由命，何劳发叹声。但知行好事，莫要问前程。

◇ ［五代］冯道《天道》

风景今朝是，身世昔人非。

◇ ［宋］朱熹《水调歌头·隐括杜牧之齐山诗》

饮中仙。醉中禅。闲处光阴，赢得日高眠。

◇ ［宋］吴潜《江城子·示表侄刘国华》

试问岭南应不好。却道。此心安处是吾乡。

◇ ［宋］苏轼《定风波·南海归赠王定国侍人寓娘》

钟鼎山林都是梦，人间宠辱休惊。只消闲处过平生。

◇ ［宋］辛弃疾《临江仙·和前韵》

而今识尽愁滋味，欲说还休。欲说还休。却道天凉好个秋。

◇ ［宋］辛弃疾《丑奴儿·书博山道中壁》

对酒当歌，人生几何？

◇ ［汉］曹操《短歌行》

他年我若为青帝，报与桃花一处开。

◇ ［唐］黄巢《题菊花》

功成拂衣去，归入武陵源。

◇ ［唐］李白《登金陵冶城西北谢安墩》

因过竹院逢僧话，偷得浮生半日闲。

◇ ［唐］李涉《题鹤林寺僧舍》

今年花落颜色改，明年花开复谁在？

◇ ［唐］刘希夷《代悲白头翁》

石室人心静，冰潭月影残。

◇ ［唐］贾岛《寄白阁默公》

莫言名与利，名利是身仇。

◇ ［唐］杜牧《不寝》

为乐当及时，何能待来兹？

◇ 无名氏《生年不满百》

莫嫌举世无知己，未有庸人不忌才。

◇ ［清］查慎行《三闾祠》

好花难种不长开，少年易老不重来。

◇ ［明］唐寅《花下酌酒歌》

莫思身外无穷事，且尽生前有限杯。

◇［唐］杜甫《绝句漫兴九首》（其四）

书卷多情似故人，晨昏忧乐每相亲。

◇［明］于谦《观书》

人情旦暮有翻覆，平地倏忽成山溪。

◇［元末明初］刘基《梁甫吟》

心地清净方为道，退步原来是向前。

◇［五代］布袋和尚《插秧偈》

清风两袖朝天去，免得闾阎话短长。

◇［明］于谦《入京》

布被秋宵梦觉，眼前万里江山。

◇［宋］辛弃疾《清平乐·独宿博山王氏庵》

何须更问浮生事，只此浮生是梦中。

◇［唐］鸟窠禅师《无题》

何时得遂田园乐，睡到人间饭熟时。

◇ ［元末明初］钱宰《无题》

蜗角虚名，蝇头微利，算来著甚干忙。

◇ ［宋］苏轼《满庭芳·蜗角虚名》

稳放扁舟去，江天自有涯。

◇ ［唐］钱珝《江行无题一百首》（其八）

何用别寻方外去，人间亦自有丹丘。

◇ ［唐］韩翃《同题仙游观》

寸心仍有适，江海一扁舟。

◇ ［唐］高适《奉酬睢阳李太守》

未遂风云便，争不恣狂荡。

◇ ［宋］柳永《鹤冲天·黄金榜上》

万感只应闲对景。独倚危栏，扰扰人初定。

◇ ［宋］黄裳《蝶恋花·劝酒致语》

吾生如寄，
尚想三径菊花丛。
谁是中州豪杰，
借我五湖舟楫，
去作钓鱼翁。

◇ ［宋］杨炎正《水调歌头·把酒对斜日》

多少长安名利客，机关用尽不如君。

◇ ［宋］黄庭坚《牧童诗》

草木有本心，何求美人折！

◇ ［唐］张九龄《感遇十二首》（其一）

残阳西入崦，茅屋访孤僧。

◇ ［唐］李商隐《北青萝》

苔花如米小，也学牡丹开。

◇ ［清］袁枚《苔》

人生有酒须当醉，一滴何曾到九泉。

◇ ［宋］高翥《清明日对酒》

世事幻如蕉鹿梦，浮华空比镜花缘。

◇ ［清］吴翌凤《浣溪沙·雨过虚堂绿映帘》

东篱把酒黄昏后。有暗香盈袖。莫道不消魂，帘卷西风，人似黄花瘦。

◇ ［宋］李清照《醉花阴·薄雾浓云愁永昼》

蝉噪林逾静，
鸟鸣山更幽。

◇［南朝梁］王籍《入若邪溪》

狗吠深巷中，鸡鸣桑树颠。

◇［晋］陶渊明《归园田居》

落叶满空山，何处寻行迹。

◇［唐］韦应物《寄全椒山中道士》

微云淡河汉，疏雨滴梧桐。

◇［唐］孟浩然《句》

日落山水静，为君起松声。

◇ ［唐］王勃《咏风》

江南飞暮雨，梁上下轻尘。

◇ ［唐］王绩《益州城西张超亭观妓》

先秋蝉一悲，长是客行时。

◇ ［唐］张乔《蝉》

竹喧归浣女，莲动下渔舟。

◇ ［唐］王维《山居秋暝》

忽起故园想，泠然归梦长。

◇ ［元］倪瓒《桂花》

春潮带雨晚来急，野渡无人舟自横。

◇ ［唐］韦应物《滁州西涧》

清溪流过碧山头，空水澄鲜一色秋。

◇ ［宋］朱熹《秋月》

柴门闻犬吠，风雪夜归人。

◇ ［唐］刘长卿《逢雪宿芙蓉山主人》

平冈细草鸣黄犊，斜日寒林点暮鸦。

◇ ［宋］辛弃疾《鹧鸪天·代人赋》

月出惊山鸟，时鸣春涧中。

◇ ［唐］王维《鸟鸣涧》

垂緌饮清露，流响出疏桐。居高声自远，非是藉秋风。

◇ ［唐］虞世南《蝉》

姑苏城外寒山寺，夜半钟声到客船。

◇ ［唐］张继《枫桥夜泊》

犬吠水声中，桃花带雨浓。

◇ ［唐］李白《访戴天山道士不遇》

月色清且冷，桂香落人衣。

◇ ［唐］施肩吾《秋山吟》

清谈半窗月，澹坐一杯茶。

◇［宋末元初］王柏《冬至和适庄即事韵》

绿阴不减来时路，添得黄鹂四五声。

◇［宋］曾几《三衢道中》

谢却海棠飞尽絮，困人天气日初长。

◇［宋］朱淑真《清昼》

小楼一夜听春雨，深巷明朝卖杏花。

◇［宋］陆游《临安春雨初霁》

夜深知雪重，时闻折竹声。

◇［唐］白居易《夜雪》

蝉鸣空桑林，八月萧关道。

◇［唐］王昌龄《塞下曲》（其一）

时有落花至，远随流水香。

◇［唐］刘昚虚《阙题》

山静似太古，
日长如小年。
余花犹可醉，
好鸟不妨眠。

◇［宋］唐庚《醉眠》

荷风送香气，竹露滴清响。

◇［唐］孟浩然《夏日南亭怀辛大》

有约不来过夜半，闲敲棋子落灯花。

◇［宋］赵师秀《约客》

梧桐更兼细雨，到黄昏、点点滴滴。

◇［宋］李清照《声声慢·寻寻觅觅》

闲梦江南梅熟日，夜船吹笛雨潇潇。

◇［唐］皇甫松《忆江南·兰烬落》

潭清疑水浅，荷动知鱼散。

◇［唐］储光羲《钓鱼湾》

西风雁行，清溪渔唱，吹恨入沧浪。

◇［元］张可久《小桃红·寄鉴湖诸友》

白云寂寂水潺潺，云出无心水自闲。

◇［宋］石安期《白云庵诗》

竹里缫丝挑网车，青蝉独噪日光斜。

◇ ［唐］李贺《南园十三首》（其三）

细雨梦回鸡塞远，小楼吹彻玉笙寒。

◇ ［南唐］李璟《摊破浣溪沙·菡萏香销翠叶残》

醉看墨花月白，恍疑雪满前村。

◇ ［唐］李白《立冬》

青溪归路直，乘月夜歌还。

◇ ［唐］王绩《夜还东溪》

倚杖柴门外，临风听暮蝉。

◇ ［唐］王维《辋川闲居赠裴秀才迪》

芳心向春尽，所得是沾衣。

◇ ［唐］李商隐《落花》

满地凌霄花不扫，我来六月听鸣蝉。

◇ ［宋］陆游《夏日杂题》

红楼隔雨相望冷，珠箔飘灯独自归。

◇ ［唐］李商隐《春雨》

清风明月无人管，并作南楼一味凉。

◇ ［宋］黄庭坚《鄂州南楼书事》

十年旧约江南梦，独听寒山半夜钟。

◇ ［清］王士祯《夜雨题寒山寺寄西樵、礼吉》

惆怅双鸳不到，幽阶一夜苔生。

◇ ［宋］吴文英《风入松·听风听雨过清明》

牧童骑黄牛，歌声振林樾。意欲捕鸣蝉，忽然闭口立。

◇ ［清］袁枚《所见》

月黑见渔灯，孤光一点萤。微微风簇浪，散作满河星。

◇ ［清］查慎行《舟夜书所见》

始怜幽竹山窗下，不改清阴待我归。

◇ ［唐］钱起《暮春归故山草堂》

绿槐高柳咽新蝉。薰风初入弦。

◇ ［宋］苏轼《阮郎归·初夏》

泉溜潜幽咽，琴鸣乍往还。长风翦不断，还在树枝间。

◇ ［唐］卢仝《新蝉》

半夜军行戈相拨，风头如刀面如割。马毛带雪汗气蒸，五花连钱旋作冰。

◇ ［唐］岑参《走马川行奉送出师西征》

万树鸣蝉隔岸虹，乐游原上有西风。

◇ ［唐］李商隐《乐游原》

古木无人径，深山何处钟。

◇ ［唐］王维《过香积寺》

残星几点雁横塞，长笛一声人倚楼。

◇ ［唐］赵嘏《长安晚秋》

明月别枝惊鹊，清风半夜鸣蝉。

◇ ［宋］辛弃疾《西江月·夜行黄沙道中》

千里莺啼绿映红，
水村山郭酒旗风。
南朝四百八十寺，
多少楼台烟雨中。

◇ [唐] 杜牧《江南春绝句》

露涤清音远，风吹数叶齐。声声似相接，各在一枝栖。

◇ ［唐］薛涛《蝉》

寒树鸟初动，霜桥人未行。

◇ ［唐］刘禹锡《途中早发》

疏影横斜水清浅，暗香浮动月黄昏。

◇ ［宋］林逋《瑞鹧鸪》

绿槐阴里一声新，雾薄风轻力未匀。

◇ ［唐］来鹄《闻蝉》

竹怜新雨后，山爱夕阳时。闲鹭栖常早，秋花落更迟。

◇ ［唐］钱起《谷口书斋寄杨补阙》

风回一镜揉蓝浅，雨过千峰泼黛浓。

◇ ［金末元初 ］耶律楚材《过济源登裴公亭用闲闲老人韵》

侯家大道傍，蝉噪树苍苍。

◇ ［唐］杜牧《长兴里夏日寄南邻避暑》

心空道亦空，风静林还静。

◇ ［宋］徐俯《卜算子·心空道亦空》

水窗低傍画栏开，枕簟萧疏玉漏催。一夜雨声凉到梦，万荷叶上送秋来。

◇ ［清］陈文述《夏日杂诗》

坐惜时节变，蝉鸣槐花枝。

◇ ［唐］白居易《思归·时初为校书郎》

新蝉噪晴午，余响藏深幽。

◇ ［宋］文同《夏树》

空山松子落，幽人应未眠。

◇ ［唐］韦应物《秋夜寄邱员外》

花落家童未扫，莺啼山客犹眠。

◇ ［唐］王维《田园乐七首》（其六）

泉声咽危石，日色冷青松。

◇ ［唐］王维《过香积寺》

野径云俱黑，江船火独明。

◇［唐］杜甫《春夜喜雨》

晚凉天净月华开，想得玉楼瑶殿影，空照秦淮。

◇［南唐］李煜《浪淘沙·往事只堪哀》

鸟下绿芜秦苑夕，蝉鸣黄叶汉宫秋。

◇［唐］许浑《咸阳城东楼》

微雨过，小荷翻。榴花开欲然。

◇［宋］苏轼《阮郎归·初夏》

江静潮初落，林昏瘴不开。

◇［唐］宋之问《题大庾岭北驿》

涧户寂无人，纷纷开且落。

◇［唐］王维《辛夷坞》

秋静见旄头，沙远席羁愁。

◇［唐］李贺《塞下曲》

林卧愁春尽，开轩览物华。

◇ ［唐］孟浩然《清明日宴梅道士房》

人归山郭暗，雁下芦洲白。

◇ ［唐］韦应物《夕次盱眙县》

风枝惊暗鹊，露草覆寒蛩。

◇ ［唐］戴叔伦《客夜与故人偶集》

沙上并禽池上暝，云破月来花弄影。

◇ ［宋］张先《天仙子·水调数声持酒听》

风露渐凉人散后，倚阑闲看一池星。

◇ ［清］周熙元《夏夜》

庭院深深深几许。杨柳堆烟，帘幕无重数。玉勒雕鞍游冶处。楼高不见章台路。

◇ ［宋］欧阳修《蝶恋花·庭院深深深几许》

柳外轻雷池上雨，
雨声滴碎荷声。
小楼西角断虹明。
阑干倚处，
待得月华生。

◇ ［宋］欧阳修《临江仙·柳外轻雷池上雨》

池上碧苔三四点，叶底黄鹂一两声。日长飞絮轻。

◇ ［宋］晏殊《破阵子·春景》

茅檐人静，蓬窗灯暗，春晚连江风雨。林莺巢燕总无声，但月夜、常啼杜宇。

◇ ［宋］陆游《鹊桥仙·夜闻杜鹃》

千里澄江似练，翠峰如簇。归帆去棹残阳里，背西风、酒旗斜矗。

◇ ［宋］王安石《桂枝香·登临送目》

荷香清露坠，柳动好风生。微月初三夜，新蝉第一声。乍闻愁北客，静听忆东京。我有竹林宅，别来蝉再鸣。

◇ ［唐］白居易《六月三日夜闻蝉》

林暗草惊风，将军夜引弓。平明寻白羽，没在石棱中。

◇ ［唐］卢纶《和张仆射塞下曲六首》（其二）

细雨鱼儿出，微风燕子斜。

◇ ［唐］杜甫《水槛遣心二首》（其一）

安能摧眉折腰事权贵，使我不得开心颜！

◇［唐］李白《梦游天姥吟留别》

不才明主弃，多病故人疏。

◇［唐］孟浩然《岁暮归南山》

天子呼来不上船，自称臣是酒中仙。

◇［唐］杜甫《饮中八仙歌》

布衣可终身，宠禄岂足赖。

◇［魏］阮籍《咏怀诗》

钟鼓馔玉不足贵，但愿长醉不复醒。

◇ ［唐］李白《将进酒》

丹青不知老将至，富贵于我如浮云。

◇ ［唐］杜甫《丹青引赠曹将军霸》

月有盈亏，花有开谢，想人生最苦离别。

◇ ［元］张鸣善《普天乐·咏世》

老身今自由，心无疚，随意度春秋。

◇ ［明］李昌祺《金字经·喜舍弟昌明至》

黄金白璧买歌笑，一醉累月轻王侯。

◇ ［唐］李白《忆旧游寄谯郡元参军》

粉骨碎身浑不怕，要留清白在人间。

◇ ［明］于谦《石灰吟》

亭亭风骨凉生牖。消尽尊中酒。

◇ ［宋］陈与义《虞美人·邢子友会上》

宁可枝头抱香死，何曾吹落北风中。

◇ ［宋］郑思肖《寒菊》

人生自古谁无死，留取丹心照汗青。

◇ ［宋］文天祥《过零丁洋》

醉里不知谁是我，非月非云非鹤。

◇ ［宋］辛弃疾《念奴娇·赋雨岩》

老夫惟有，醒来明月，醉后清风。

◇ ［金］元好问《人月圆·卜居外家东园》

千磨万击还坚劲，任尔东西南北风。

◇ ［清］郑燮《竹石》

此身天地一虚舟，何处江山不自由。

◇ ［明］陈献章《舫子》

长风破浪会有时，直挂云帆济沧海。

◇ ［唐］李白《行路难》（其一）

向风刎颈送公子，七十老翁何所求。

◇ ［唐］王维《夷门歌》

我自人间漫浪，平生事、南北西东。

◇ ［宋］王以宁《满庭芳·邓州席上》

托身白刃里，杀人红尘中。

◇ ［唐］李白《赠从兄襄阳少府皓》

男儿何不带吴钩，收取关山五十州。

◇ ［唐］李贺《南园十三首》（其五）

骁腾有如此，万里可横行。

◇ ［唐］杜甫《房兵曹胡马诗》

黄沙百战穿金甲，不破楼兰终不还。

◇ ［唐］王昌龄《从军行七首》（其四）

疾风知劲草，板荡识诚臣。

◇ ［唐］李世民《赐萧瑀》

心随朗月高，志与秋霜洁。

◇ ［唐］李世民《经破薛举战地》

不要人夸好颜色，只留清气满乾坤。

◇ ［元］王冕《墨梅》

会挽雕弓如满月，西北望，射天狼。

◇ ［宋］苏轼《江城子·密州出猎》

涧松寒转直，山菊秋自香。

◇ ［唐］王绩《赠李征君大寿》

捐躯赴国难，视死忽如归！

◇ ［三国魏］曹植《白马篇》

相思谩然自苦，算云烟、过眼总成空。

◇ ［宋］戴复古《木兰花慢·莺啼啼不尽》

江山代有才人出，各领风骚数百年。

◇ ［清］赵翼《论诗五首》（其二）

睡到午时欢到夜，回看官职是泥沙。

◇ ［唐］白居易《喜罢郡》

烈士暮年，壮心不已。

◇ ［汉］曹操《龟虽寿》

生当作人杰，死亦为鬼雄。

◇ ［宋］李清照《夏日绝句》

休辞醉倒。花不看开人易老。

◇ ［宋］苏轼《减字木兰花·莺初解语》

一点灵光随落日，万端尘事付浮云。人世自纷纷。

◇ ［宋］净圆《忆江南·西方好六首》（其一）

生前富贵，死后文章，百年瞬息万世忙。

◇ ［宋］苏轼《薄薄酒二首·并引》（其一）

年年岁岁花相似，岁岁年年人不同，

◇ ［唐］刘希夷《代悲白头翁 》

无意苦争春，
一任群芳妒。
零落成泥碾作尘，
只有香如故。

◇ ［宋］陆游《卜算子·咏梅》

若要人生长美满，除非世上无离别。

◇［宋］刘克庄《满江红·嫌杀双轮》

苟利国家生死以，岂因祸福避趋之。

◇［清］林则徐《赴戍登程口占示家人二首》（其二）

未收天子河湟地，不拟回头望故乡。

◇［唐］令狐楚《少年行四首》（其三）

我本将心向明月，奈何明月照沟渠。

◇［元末明初］高明《琵琶记》

富贵非吾愿，帝乡不可期。怀良辰以孤往，或植杖而耘耔。

◇［晋］陶渊明《归去来兮辞》

骅骝拳跼不能食，蹇驴得志鸣春风。

◇［唐］李白《答王十二寒夜独酌有怀》

满堂花醉三千客，一剑霜寒十四州。

◇［五代］贯休《献钱尚父》

残月色不改，高贤德常新。

◇ ［唐］孟郊《大隐坊·崔从事郧以直隳职》

纵被春风吹作雪，绝胜南陌碾成尘。

◇ ［宋］王安石《北陂杏花》

不学蒲柳凋，贞心尝自保。

◇ ［唐］李白《姑孰十咏·慈姥竹》

壮志饥餐胡虏肉，笑谈渴饮匈奴血。

◇ ［宋］岳飞《满江红·写怀》

贞姿不受雪霜侵，直节亭亭易见心。

◇ ［元］马谦斋《水仙子·咏竹》

鲸饮未吞海，剑气已横秋。

◇ ［宋］辛弃疾《水调歌头·和马叔度游月波楼》

但屈指、西风几时来，又不道、流年暗中偷换。

◇ ［宋］苏轼《洞仙歌·冰肌玉骨》

人生有酒，

得闲处、便合开怀随意。

况对寿、龟仙鹤舞，

犹直壶天一醉。

◇ [宋]朱元夫《壶中天·寿贺晓山五十九岁，四月十二日生，先年有横讼》

不是花中偏爱菊，此花开尽更无花。

◇［唐］元稹《菊花》

剑阁峥嵘而崔嵬，一夫当关，万夫莫开。

◇［唐］李白《蜀道难》

名节重泰山，利欲轻鸿毛。

◇［明］于谦《无题》（其一）

位卑未敢忘忧国，事定犹须待阖棺。

◇［宋］陆游《病起书怀》

我自横刀向天笑，去留肝胆两昆仑。

◇［清］谭嗣同《狱中题壁》

辑四

情韵绵绵

情动于中，韵流于外。“相见时难别亦难，东风无力百花残”，寥寥数字，离别之苦跃然纸上，情深意切。“识尽千千万万人，终不似、伊家好”，相思刻骨，世间始终你最好。“水晶宫里，一声吹断横笛”，则寄寓了对自由的无限向往。这些诗句，或诉离愁，或表相思，或显逸志，道尽人生百味，千古传唱，值得细细品读。

相见时难别亦难，
东风无力百花残。

◇［唐］李商隐《无题·相见时难别亦难》

恨君不似江楼月，南北东西。南北东西，只有相随无别离。

◇［宋］吕本中《采桑子·恨君不似江楼月》

鸿雁在云鱼在水。惆怅此情难寄。

◇［宋］晏殊《清平乐·红笺小字》

系我一生心，负你千行泪。

◇［宋］柳永《忆帝京》

别时容易见时难。流水落花归去也，天上人间。

◇［南唐］李煜《浪淘沙令・帘外雨潺潺》

载酒买花年少事，浑不似，旧心情。

◇［宋］卢祖皋《江城子・画楼帘幕卷新晴》

寄我相思千点泪，流不到，楚江东。

◇［宋］苏轼《江神子・恨别》

离恨恰如春草，更行更远还生。

◇［南唐］李煜《清平乐・别来春半》

柳条折尽花飞尽，借问行人归不归？

◇无名氏《送别》

不知魂已断，空有梦相随。除却天边月，没人知。

◇［唐］韦庄《女冠子・四月十七》

谁念西风独自凉？萧萧黄叶闭疏窗。沈思往事立残阳。

◇［清］纳兰性德《浣溪沙・谁念西风独自凉》

明日隔山岳，世事两茫茫。

◇ ［唐］杜甫《赠卫八处士》

夜月一帘幽梦，春风十里柔情。

◇ ［宋］秦观《八六子·倚危亭》

叹人生，最难欢聚易离别。且莫辞沉醉，听取阳关彻。念故人、千里自此共明月。

◇ ［宋］寇准《阳关引·塞草烟光阔》

忆君心似西江水，日夜东流无歇时。

◇ ［唐］鱼玄机《江陵愁望寄子安》

当时共我赏花人，点检如今无一半。

◇ ［宋］晏殊《木兰花·池塘水绿风微暖》

同心一人去，坐觉长安空。

◇ ［唐］白居易《别元九后咏所怀》

别后相思无限忆。欲说相思，要见终无计。

◇ ［宋］石孝友《蝶恋花·别后相思无限忆》

老来情味减，对别酒，怯流年。

◇ ［宋］辛弃疾《木兰花慢·滁州送范倅》

旧游无处不堪寻。无寻处，惟有少年心。

◇ ［宋］章良能《小重山·柳暗花明春事深》

寂寂离亭掩，江山此夜寒。

◇ ［唐］王勃《江亭夜月送别二首》（其二）

聚散苦匆匆。此恨无穷。今年花胜去年红。可惜明年花更好，知与谁同。

◇ ［宋］欧阳修《浪淘沙·把酒祝东风》

惆怅惜花人不见，歌一阕，泪千行。

◇ ［宋］秦观《江城子·清明天气醉游郎》

肠已断，泪难收。相思重上小红楼。情知已被山遮断，频倚阑干不自由。

◇ ［宋］辛弃疾《鹧鸪天·代人赋》

花红易衰似郎意，水流无限似侬愁。

◇ ［唐］刘禹锡《竹枝词》（其二）

寻寻觅觅，
冷冷清清，
凄凄惨惨戚戚。
乍暖还寒时候，
最难将息。

◇［宋］李清照《声声慢·寻寻觅觅》

过尽千帆皆不是，斜晖脉脉水悠悠，肠断白蘋洲。

◇ ［唐］温庭筠《梦江南·梳洗罢》

欲将沉醉换悲凉。清歌莫断肠。

◇ ［宋］晏几道《阮郎归·天边金掌露成霜》

独抱浓愁无好梦。夜阑犹剪灯花弄。

◇ ［宋］李清照《蝶恋花·暖雨晴风初破冻》

思君如陇水，长闻呜咽声。

◇ ［唐］雍裕之《自君之出矣》

别来半岁音书绝，一寸离肠千万结。

◇ ［唐］韦庄《应天长·别来半岁音书绝》

一别都门三改火，天涯踏尽红尘。依然一笑作春温。

◇ ［宋］苏轼《临江仙·送钱穆父》

从别后，忆相逢。几回魂梦与君同。

◇ ［宋］晏几道《鹧鸪天·彩袖殷勤捧玉钟》

离人无语月无声，明月有光人有情。

◇ ［唐］李冶《明月夜留别》

细看来，不是杨花，点点是离人泪。

◇ ［宋］苏轼《水龙吟·次韵章质夫杨花词》

别来音信千里。怅此情难寄。碧纱秋月，梧桐夜雨，几回无寐。

◇ ［宋］晏殊《撼庭秋·别来音信千里》

相顾无言，惟有泪千行。料得年年肠断处，明月夜，短松冈。

◇ ［宋］苏轼《江城子·乙卯正月二十日夜记梦》

昨夜西风凋碧树。独上高楼，望尽天涯路。

◇ ［宋］晏殊《蝶恋花·槛菊愁烟兰泣露》

别后唯所思，天涯共明月。

◇ ［唐］孟郊《古怨别》

为谁醉倒为谁醒，到今犹恨轻离别。

◇ ［宋］吕本中《踏莎行·雪似梅花》

古道西风瘦马。夕阳西下，断肠人在天涯。

◇ ［元］马致远《天净沙·秋思》

春风不解禁杨花，濛濛乱扑行人面。

◇ ［宋］晏殊《踏莎行·小径红稀》

客路那知岁序移。忽惊春到小桃枝。

◇ ［宋］赵鼎《鹧鸪天·建康上元作》

谁教岁岁红莲夜，两处沉吟各自知。

◇ ［宋］姜夔《鹧鸪天·元夕有所梦》

人老去西风白发，蝶愁来明日黄花。

◇ ［元］张可久《折桂令·九日》

向河梁、回头万里，故人长绝。易水萧萧西风冷，满座衣冠似雪。

◇ ［宋］辛弃疾《贺新郎·别茂嘉十二弟》

无人收废帐，归马识残旗。

◇ ［唐］张籍《没蕃故人》

今宵绝胜无人共，卧看星河尽意明。

◇ ［宋］陈与义《雨晴》

故攲单枕梦中寻，梦又不成灯又烬。

◇ ［宋］欧阳修《玉楼春·别后不知君远近》

古今如梦，何曾梦觉，但有旧欢新怨。

◇ ［宋］苏轼《永遇乐·彭城夜宿燕子楼》

水流云散各西东。半廊花院月，一帽柳桥风。

◇ ［宋］陆游《临江仙·离果州作》

山回路转不见君，雪上空留马行处。

◇ ［唐］岑参《白雪歌送武判官归京》

好把音书凭过雁。东莱不似蓬莱远。

◇ ［宋］李清照《蝶恋花·泪湿罗衣脂粉满》

平芜尽处是春山，行人更在春山外。

◇ ［宋］欧阳修《踏莎行·候馆梅残》

饱吟风月三千首，寄与吴姬忍泪看。

◇ ［宋］韩玉《鹧鸪天·爱日烘晴旬日间》

梧桐叶上三更雨，叶叶声声是别离。

◇ ［宋］周紫芝《鹧鸪天·一点残红欲尽时》

一向年光有限身。等闲离别易销魂。酒筵歌席莫辞频。

◇ ［宋］晏殊《浣溪沙·一向年光有限身》

寻常相见意殷勤，别后相思梦更频。

◇ ［唐］刘禹锡《忆乐天》

一别如斯，落尽梨花月又西。

◇ ［清］纳兰性德《采桑子·而今才道当时错》

何处相思苦，纱窗醉梦中。

◇ ［南唐］李煜《谢新恩·樱花落尽阶前月》

送行无酒亦无钱，劝尔一杯菩萨泉。

◇ ［宋］苏轼《武昌酌菩萨泉送王子立》

谢公离别处，风景每生愁。

◇ ［唐］李白《谢公亭·盖谢朓范云之所游》

莫道秋江离别难，舟船明日是长安。

◇ ［唐］王昌龄《重别李评事》

曾与美人桥上别，恨无消息到今朝。

◇ ［唐］刘禹锡《杨柳枝》

江南春尽离肠远，满汀洲人未归。

◇ ［宋］寇准《江南春·波渺渺》

空留离恨满江南，相思一夜蘋花老。

◇ ［宋］王沂孙《踏莎行·题草窗词卷》

欲织相思花寄远，终日相思却相怨。

◇ ［唐］李商隐《燕台四首·秋》

生怕闲愁暗恨，多少事、欲说还休。

◇ ［宋］李清照《凤凰台上忆吹箫·香冷金猊》

恨身翻不作车尘，万里得随君。

◇［唐］欧阳炯《巫山一段云·春去秋来也》

思悠悠，恨悠悠，恨到归时方始休。月明人倚楼。

◇［唐］白居易《长相思·汴水流》

离愁渐远渐无穷，迢迢不断如春水。

◇［宋］欧阳修《踏莎行·候馆梅残》

别后相思空一水，重来回首已三生。

◇［清］黄景仁《感旧四首》（其二）

当时轻别意中人，山长水远知何处。

◇［宋］晏殊《踏莎行·碧海无波》

悲莫悲生离别，乐莫乐新相识，儿女古今情。

◇［宋］辛弃疾《水调歌头·壬子被召，端仁相饯席上作》

别后相思隔烟水，菖蒲花发五云高。

◇［唐］元稹《寄赠薛涛》

识尽千千万万人，终不似、伊家好。

◇［宋］施酒监《卜算子·赠乐婉，杭妓》

相思一夜情多少，地角天涯未是长。

◇［唐］关盼盼《燕子楼三首》（其一）

欲寄君衣君不还，不寄君衣君又寒。

◇［元］姚燧《凭栏人·寄征衣》

欲写彩笺书别怨。泪痕早已先书满。

◇［宋］晏几道《蝶恋花·黄菊开时伤聚散》

一年能几团圆月。杨柳乍如丝，故园春尽时。

◇ ［清］纳兰性德《菩萨蛮·问君何事轻离别》

念去来、岁月如流，徘徊久、叹息愁思盈。

◇ ［宋］周邦彦《绮寮怨·上马人扶残醉》

重叠泪痕缄锦字，人生只有情难死。

◇ ［清］文廷式《蝶恋花·九十韶光如梦里》

夜长争得薄情知，春初早被相思染。

◇ ［宋］姜夔《踏莎行·自沔东来，丁未元日至金陵，江上感梦而作》

别后厌厌，应是香肌，瘦减罗幅。

◇ ［宋］晁端礼《雨霖铃·槐阴添绿》

天涯占梦数，疑误有新知。

◇ ［唐］李商隐《凉思》

两鬓可怜青，只为相思老。

◇ ［宋］杜安世《生查子·关山魂梦长》

红豆不堪看，满眼相思泪。

◇［宋］赵彦端《生查子·新月曲如眉》

枕前泪共帘前雨，隔个窗儿滴到明。

◇［宋］聂胜琼《鹧鸪天·寄李之问》

山远天高烟水寒。相思枫叶丹。

◇［宋］邓肃《长相思令·一重山》

思君如百草，撩乱逐春生。

◇［唐］李康成《自君之出矣》

我有所念人，隔在远远乡。我有所感事，结在深深肠。

◇［唐］白居易《夜雨》

别情无处说，方寸是星河。

◇［唐］温庭筠《春日野行》

惜起残红泪满衣，它生莫作有情痴。

◇［清］况周颐《减字浣溪沙·听歌有感》

看朱成碧思纷纷，憔悴支离为忆君。

◇［唐］武则天《如意娘》

日暮汀洲一望时，柔情不断如春水。

◇［宋］寇准《夜度娘》

天长路远魂飞苦，梦魂不到关山难。长相思，摧心肝。

◇［唐］李白《长相思》（其一）

共眠一舸听秋雨，小簟轻衾各自寒

◇［清］朱彝尊《桂殿秋·思往事》

凄凉别后两应同。最是不胜清怨月明中。

◇［清］纳兰性德《虞美人·曲阑深处重相见》

相思处，一纸红笺，无限啼痕。

◇［宋］晏几道《两同心·楚乡春晚》

直缘感君恩爱一回顾，使我双泪长珊珊。

◇［唐］卢仝《楼上女儿曲》

当君怀归日，
是妾断肠时。
春风不相识，
何事入罗帏。

◇ ［唐］李白《春思》

海水梦悠悠，君愁我亦愁。南风知我意，吹梦到西洲。

◇ 无名氏《西洲曲》

酒入愁肠，化作相思泪。

◇ ［宋］范仲淹《苏幕遮·怀旧》

思君令人老，岁月忽已晚。

◇ 无名氏《行行重行行》

相思不可见，叹息损朱颜。

◇ ［唐］李白《寄从弟宣州长史昭》

平生不会相思，才会相思，便害相思。

◇ ［元］徐再思《蟾宫曲·春情》

欲把相思说似谁。浅情人不知。

◇ ［宋］晏几道《长相思·长相思》

终日两相思。为君憔悴尽，百花时。

◇ ［唐］温庭筠《南歌子·倭堕低梳髻》

我今因病魂颠倒，唯梦闲人不梦君。

◇ ［唐］元稹《酬乐天频梦微之》

相思无因见，怅望凉风前。

◇ ［唐］李白《折荷有赠》

凉风起天末，君子意如何。

◇ ［唐］杜甫《天末怀李白》

夜夜相思更漏残，伤心明月凭阑干，想君思我锦衾寒。

◇ ［唐］韦庄《浣溪沙·夜夜相思更漏残》

镇相随，莫抛躲。针线闲拈伴伊坐。

◇ ［宋］柳永《定风波·自春来》

远书归梦两悠悠，只有空床敌素秋。

◇ ［唐］李商隐《端居》

墙头唤酒，谁问讯、城南诗客。

◇ ［宋］姜夔《惜红衣·簟枕邀凉》

路远莫致倚逍遥，何为怀忧心烦劳。

◇ ［汉］张衡《四愁诗》

醉乡路、成佳境。

◇ ［宋］黄庭坚《品令·茶词》

海棠影下，子规声里，立尽黄昏。

◇ ［宋］洪咨夔《眼儿媚·平沙芳草渡头村》

击鼓吹箫，乍入农桑社。

◇ ［宋］苏轼《蝶恋花·密州上元》

雕阑玉砌应犹在。只是朱颜改。

◇ ［南唐］李煜《虞美人·春花秋月何时了》

画楼重上与谁同。记得玉钗斜拨火，宝篆成空。

◇ ［宋］李清照《浪淘沙·帘外五更风》

我所思兮在雁门，欲往从之雪纷纷。

◇ ［汉］张衡《四愁诗》

我住长江头，
君住长江尾。
日日思君不见君，
共饮长江水。
此水几时休，
此恨何时已。
只愿君心似我心，
定不负相思意。

◇ [宋] 李之仪《卜算子·我住长江头》

之子在万里，江湖迥且深。

◇ ［三国魏］曹植《杂诗七首》（其一）

人何处。连天衰草，望断归来路。

◇ ［宋］李清照《点绛唇·闺思》

若问相思何处歇。相逢便是相思彻。

◇ ［宋］晏几道《醉落魄·鸾孤月缺》

从此伤春伤别，黄昏只对梨花。

◇ ［清］纳兰性德《清平乐·风鬟雨鬓》

赏心乐事共谁论？花下销魂，月下销魂。

◇ ［明］唐寅《一剪梅·雨打梨花深闭门》

天上分金镜，人间望玉钩。

◇ ［唐］李贺《七夕》

可怜楼上月裴回，应照离人妆镜台。

◇ ［唐］张若虚《春江花月夜》

不觉新凉似水，相思两鬓如霜。

◇［宋］刘辰翁《西江月·新秋写兴》

相思休问定何如。情知春去后，管得落花无。

◇［宋］晁冲之《临江仙·忆昔西池池上饮》

朝登津梁上，褰裳望所思。安得抱柱信，皎日以为期。

◇无名氏《穆穆清风至》

寄语洛城风日道，明年春色倍还人。

◇［唐］杜审言《春日京中有怀》

怕黄昏忽地又黄昏，不销魂怎地不销魂？

◇［元］王实甫《十二月过尧民歌·别情》

渐行渐远渐无书，水阔鱼沉何处问。

◇［宋］欧阳修《玉楼春·别后不知君远近》

碧云无渡碧天沉，是湖心，是侬心。

◇［清］张惠言《江城子·填张春溪西湖竹枝词》

若问相思甚了期。除非相见时。

◇［宋］晏几道《长相思·长相思》

君泪盈。妾泪盈。罗带同心结未成。江边潮已平。

◇［宋］林逋《长相思·吴山青》

欲将离恨寻郎说，待得郎来恨却休。

◇［清］纳兰性德《鹧鸪天·离恨》

遥怜小儿女，未解忆长安。

◇［唐］杜甫《月夜》

一寸相思千万绪。人间没个安排处。

◇［宋］李冠《蝶恋花·春暮》

长相思兮长相忆，短相思兮无穷极。

◇［唐］李白《秋风词》

不见又思量，见了还依旧。为问频相见，何似长相守。

◇［宋］李之仪《谢池春·残寒销尽》

水晶宫里，一声吹断横笛。

◇［宋］苏轼《念奴娇·中秋》

花满渚，酒满瓯，万顷波中得自由。

◇［南唐］李煜《渔父·一棹春风一叶舟》

萧散山林一幅巾，天公乞与自由身。

◇［宋］陆游《晨起南窗晴日可爱戏作一绝》

愿乘泠风去，直出浮云间。

◇［唐］李白《登太白峰》

我欲穿花寻路，直入白云深处，浩气展虹霓。只恐花深里，红露湿人衣。

◇ ［宋］黄庭坚《水调歌头·游览》

安得广厦千万间，大庇天下寒士俱欢颜，风雨不动安如山。

◇ ［唐］杜甫《茅屋为秋风所破歌》

我有迷魂招不得，雄鸡一声天下白。

◇ ［唐］李贺《致酒行》

刑天舞干戚，猛志固常在。

◇ ［晋］陶渊明《读山海经十三首》（其十）

晴空一鹤排云上，便引诗情到碧霄。

◇ ［唐］刘禹锡《秋词二首》（其一）

素月分辉，明河共影，表里俱澄澈。

◇ ［宋］张孝祥《念奴娇·过洞庭》

长风万里送秋雁，对此可以酣高楼。

◇ ［唐］李白《宣州谢朓楼饯别校书叔云》

十载相逢酒一卮。故人才见便开眉。

◇ ［宋］欧阳修《浣溪沙·十载相逢酒一卮》

十年身事各如萍，白首相逢泪满缨。

◇ ［唐］韦庄《与东吴生相遇》

山居虽自由，晨起亦有程。

◇ ［宋］陆游《晨起》

莫嫌山木无人用，大胜笼禽不自由。

◇ ［唐］白居易《感所见》

道行无喜退无忧，舒卷如云得自由。

◇ ［唐］白居易《和杨尚书罢相后夏日游永安水亭兼招本曹杨侍郎同行》

安得病身生羽翼，长随沙鸟自由飞。

◇ ［宋］王安石《望越亭》

贫穷心苦多无兴，富贵身忙不自由。

◇ ［唐］白居易《勉闲游》

我辈情钟不自由，等闲白却九分头。

◇［宋］陆游《读唐人愁诗戏作五首》（其四）

出门无所待，徒步觉自由。

◇［唐］杜甫《晦日寻崔戢李封》

一旦得自由，相求北山北。

◇［唐］元稹《寄吴士矩端公五十韵》

生羡鸳鸯得自由。

◇［宋］贺铸《南乡子·柳岸舣兰舟》

不得身自由，皆为心所使。

◇［唐］白居易《风雪中作》

天亦知予懒是真，暮年乞与自由身。

◇［宋］陆游《或问余近况示以长句》

飘零不自由，盛亦非汝能。

◇［宋］苏轼《和子由记园中草木十一首》（其二）

我终不嗔渠，此瓦不自由。

◇ ［宋］王安石《拟寒山拾得二十首》（其四）

钓罢归来不系船，江村月落正堪眠。

◇ ［唐］司空曙《江村即事》

他日终为独往客，今朝未是自由身。

◇ ［唐］白居易《与诸道者同游二室至九龙潭作》

酣酣午枕眠方丈，一笑闲身始自由。

◇ ［宋］范成大《凌云九顶》

仙人抚我顶，结发受长生。

◇ ［唐］李白《经乱离后天恩流夜郎，忆旧游书怀，赠江夏韦太守良宰》

且就洞庭赊月色，将船买酒白云边。

◇ ［唐］李白《陪族叔刑部侍郎晔及中书贾舍人至游洞庭》

泛然而不有，进退得自由。

◇ ［唐］白居易《赠吴丹》

得非禅力重，去住自由情。

◇ ［宋］曾丰《挽宜人李氏》（其二）

牛得自由骑，春风细雨飞。

◇ ［唐］栖蟾《牧童》

乘风好去，长空万里，直下看山河。

◇ ［宋］辛弃疾《太常引·建康中秋为吕叔潜赋》

醉后不知天在水，满船清梦压星河。

◇ ［唐］唐温如《题龙阳县青草湖》

玉鉴琼田三万顷，著我扁舟一叶。

◇ ［宋］张孝祥《念奴娇·过洞庭》

人生聚散长如此，相见且欢娱。

◇ ［宋］欧阳修《圣无忧·世路风波险》

十顷波平。野岸无人舟自横。

◇ ［宋］欧阳修《采桑子·残霞夕照西湖好》

远水无人渡，孤舟尽日横。

◇［宋］寇准《春日登楼怀归》

篱外谁家不系船，春风吹入钓鱼湾。

◇［唐］崔道融《溪居即事》

水晶帘动微风起，满架蔷薇一院香。

◇［唐］高骈《山亭夏日》

我欲因之梦吴越，一夜飞度镜湖月。

◇［唐］李白《梦游天姥吟留别》

山月不知心里事，水风空落眼前花，摇曳碧云斜。

◇［唐］温庭筠《梦江南·千万恨》

潇洒江梅，向竹梢稀处，横两三枝。

◇［宋］晁冲之《汉宫春·梅》

高情已逐晓云空。不与梨花同梦。

◇［宋］苏轼《西江月·梅花》

素手把芙蓉，虚步蹑太清。霓裳曳广带，飘拂升天行。

◇ ［唐］李白《古风》（其十九）

自在飞花轻似梦，无边丝雨细如愁。

◇ ［宋］秦观《浣溪沙·漠漠轻寒上小楼》

偶作小红桃杏色，闲雅，尚馀孤瘦雪霜姿。

◇ ［宋］苏轼《定风波·咏红梅》

花径不曾缘客扫，蓬门今始为君开。

◇ ［唐］杜甫《客至》

却顾所来径，苍苍横翠微。

◇ ［唐］李白《下终南山过斛斯山人宿置酒》

谁念北楼上，临风怀谢公。

◇ ［唐］李白《秋登宣城谢朓北楼》

君看石芒砀，掩泪悲千古。

◇ ［唐］李白《丁督护歌》

林卧愁春尽，开轩览物华。

◇［唐］孟浩然《清明日宴梅道士房》

独立三朝识，轻生一剑知。

◇［唐］刘长卿《送李中丞之襄州》

天上月，遥望似一团银。

◇无名氏《望江南·天上月》

今日江头两三树，可怜和叶度残春。

◇［唐］元稹《离思五首》（其五）

梦入江南烟水路，行尽江南，不与离人遇。

◇［宋］晏几道《蝶恋花·梦入江南烟水路》

明月多情应笑我，笑我如今。辜负春心。独自闲行独自吟。

近来怕说当时事，结遍兰襟。月浅灯深。梦里云归何处寻。

◇［清］纳兰性德《采桑子·明月多情应笑我》

秋风萧瑟天气凉，草木摇落露为霜。群燕辞归鹄南翔，念君客游思断肠。

◇［三国魏］曹丕《燕歌行二首》（其一）